KB115269

네르가시아 장편소설

FUSION FANTASTIC STORY

도시무왕연대기

도시 무왕 연대기 8

네르가시아 장편소설

초판 1쇄 찍은 날 § 2016년 4월 11일
초판 1쇄 펴낸 날 § 2016년 4월 18일

지은이 § 네르가시아
펴낸이 § 서경석

편집책임 § 이재림

펴낸곳 § 도서출판 청어람
등록번호 § 제387-1999-000006호
등록일자 § 1999. 5. 31
어람번호 § 제1-2401호

주소 § 경기도 부천시 원미구 부일로 483번길 40 서경B/D 3F (우) 14640
전화 § 032-656-4452 팩스 § 032-656-4453
http://www.chungeoram.com
E-mail §chungeorambook@daum.net

ISBN 979-11-04-90745-6 04810
ISBN 979-11-04-90445-5 (세트)

네르가시아 장편소설
FUSION FANTASTIC STORY

도시무방 연애기

도서출판 청람

목차

외전. 해적 7

1. 뜻밖의 사건 23

2. 과거지사 51

3. 파장이 일다 85

4. 버팀목이 되어줄 준비 111

5. 배후를 캐내다 139

6. 정리 165

7. 암흑가의 여제 193

8. 두 사람Ⅰ 219

9. 두 사람Ⅱ 243

외전. 솔로 탈출 캠프 277

외전. 해적

　대서양의 연안, 검은색 깃발을 돛대에 매단 함대가 빠른 속
도로 물살을 가르고 있다.

　솨아아아아아!

　이들의 속도는 일반 상선이나 군선은 아예 엄두도 낼 수 없
을 정도로, 뱃머리에서 물보라가 거칠게 튀었다.

　영국의 군선 두 척은 자신들을 향해 미친 듯이 달려오는 이
해적선을 바라보며 아연실색했다.

　"해, 해적선이 무려 네 척?"

　"너무 빠릅니다! 이러다간 우리와 충돌하겠어요!"

"…저놈들, 충각 전술을 사용할 생각입니다!"

"충각?"

충각 전술이란 뱃머리에 달린 뾰족한 쐐기로 적선의 옆구리를 뚫어버리는 무식한 전술이다.

하지만 고대의 해전에선 가장 많이 사용된 전술이고, 지금도 상당히 위협적인 전술 중 하나이다.

그러나 지금 이 함선은 영국 함선 중에서도 선체의 합판이 가장 두꺼운 군선이다.

아무리 충각이 단단하다곤 해도 이렇게 두꺼운 합판을 뚫고 쐐기를 들이밀 수는 없을 것이다.

하지만 이들은 전혀 예상치도 못한 저들의 공격 방식과 마주하게 되었다.

철컥!

"어, 어어?"

"대포입니다!"

"뭐, 뭐라, 대포?"

놀랍게도 이들의 함선에선 무려 80문이나 되는 대포가 머리를 내밀었고, 포신은 사정없이 불을 내뿜었다.

쿵쿵, 콰앙!

"크헉!"

"해적선이 대포라니! 이게 말이 되는 소리인가!"

아직까지 어떤 군대에서도 군함에 대포를 장착하여 해전을 벌였다는 소식은 들려오지 않았다.

다만 영국 해군의 전함에 육상포를 달아 포격한 적이 있었을 뿐이다.

"설마하니 육상포를 해상전에 사용할 줄이야!"

"어, 어떻게 할까요? 이대로라면 함교가 다 무너지게 생겼습니다!"

"빌어먹을!"

저들이 빠르게 달려와 뱃머리를 들이민 것은 충각으로 측면을 들이받으려 한 것이 아니라 육상포의 사거리가 닿을 때까지 기다린 것이다.

이제 80문의 대포가 일제히 포환을 쏘아대니 도무지 빠져나갈 구멍이 보이지 않았다.

펑펑펑펑!

콰앙!

"크허억!"

"함장님, 갑판이 주저앉았습니다!"

"제기랄!"

"이러다간 배가 침몰해서 다 죽습니다!"

"하지만 이 배엔 수많은 전쟁 물자가 들어 있다! 이게 없어지면 우리도 끝이라는 소리다!"

프랑스 북부에서 전쟁이 한창인데 보급물자가 끊어지게 된다면 왕실은 크나큰 타격을 입게 될 것이다.

그러나 지금 이대로라면 배가 침몰하여 병사들이 살아남지 못할 판이다.

"빌어먹을! 이걸 도대체 어쩌면 좋단 말인가!"

"함장님! 결단을 내려주십시오!"

그는 결사항전을 택했다.

"끝까지 버틴다!"

"…다 죽자는 말씀이십니까!"

"어차피 우리가 가진 소형선은 네 척이 전부다! 그 소형선으론 1/4도 살아남기 힘들어!"

"하지만 1/4이라도 살아남는 것이 어디입니까! 그리고 해적들에게 항복하면 목숨을 살려줄지도 모르지 않습니까?"

"…지금 악당과 타협하자는 소리인가!"

"그렇지 않고선 우리가 살아남을 방법이 없습니다!"

"제기랄!"

바로 그때, 함포의 탄환이 함장과 일등항해사를 향해 날아왔다.

피융!

"함장님! 일등항해사님!"

"어, 어어?"

찰나의 순간, 그들은 포탄에 적중하여 그대로 물고기 밥이 되어버렸다.

푸하아악!

"하, 함장님이 전사했다!"

"무기를 버리고 투항하자!"

지금 투항한다면 목숨을 건질 수도 있다고 생각한 병사들은 전부 무기를 버리고 해적에게 투항하기로 했다.

쨍그랑!

이윽고 해적선에서 한 무리의 사내들이 건너와 갑판 위에 섰다.

이들은 하나같이 검은색 두건을 쓰고 있었는데, 두건 중앙에는 타오르는 듯한 불꽃이 새겨져 있었다.

"사망자는?"

"대략 50명쯤 되는 것 같습니다."

"무식한 놈들 같으니. 이래서 기사들이 무식하다는 소리를 듣는 거다. 애초에 상대가 안 될 싸움을 왜 굳이 하려는 거야?"

"방주님, 살아남은 병력은 어떻게 할까요?"

해적 두목으로 보이는 사내가 살아남은 병사들을 바라보았다.

"사, 살려주십시오!"

"저희들은 아무것도 보지 못하고 듣지 못했습니다! 그러니 제발……."

"살고 싶은가?"

"예, 예!"

"좋다, 너희들이 살 수 있는 방법을 일러주마."

"마, 말씀만 하십시오!"

"이 배는 보급선이지만 주요 군선과 상선들의 항해일지를 가지고 있을 것이다. 그래야 출항과 입항에 차질이 없으니까. 맞나?"

"예, 그렇습니다."

"그 일지를 찾아와 나에게 스케줄을 설명해 준다면 목숨은 살려주겠다."

"하, 하지만 그렇게 되면 영국 왕실에게 목이 날아갈 겁니다만……."

"내가 입을 다물어주겠다. 그것이면 되는 것 아닌가?"

"그렇지만……."

해적단 두목은 그리 아량이 깊은 사람이 아닌 모양이었다.

스릉!

"죽고 싶다면 그렇게 해줘야지."

"아, 아닙니다! 하겠습니다! 하고말고요!"

"…다시 한 번 나를 화나게 하면 살아남을 수 없을 것이다.

명심해라."

"예, 알겠습니다!"

해적단은 인질을 모두 갑판에 모아놓고 선실에 있는 보급물자를 모두 약탈했다.

두 척에 있는 보급물자는 영국군이 한동안 농성전을 벌일 수 있을 정도로 풍부한 물량이었다.

"하하, 방주님, 이것들 좀 보십시오! 이것들이면 나라가 한 달은 먹고살겠습니다!"

"이렇게 많은 양식을 전쟁터로 가지고 가는 길이었단 말인가?"

"포탄과 화약도 꽤 많습니다. 병장기는 없지만 우리가 사용할 물품은 전부 다 있습니다."

"좋아, 이것들을 모두 우리 배에 신고 두 척 중 멀쩡한 배를 인양해라. 개조해서 팔아먹을 것이다."

"예, 방주님!"

이들은 사람만 빼고 돈이 되는 물건이라면 영국 해군의 전함이라도 개의치 않는 모양이다.

그는 살아남은 병사들에게 항해일지에 대해 다시 한 번 말했다.

"일지를 가지고 와라. 그렇지 않으면 다 죽는다."

"예, 예, 알겠습니다!"

병사들은 자리에서 벌떡 일어나 선장실을 비롯한 모든 선실을 뒤져 항해일지를 전부 다 가지고 나왔다.

항해 스케줄이 적힌 일지와 항만 스케줄러를 비교하며 한 병사가 이에 대해 설명했다.

"항해 스케줄과 항만 스케줄러를 대조한 후 출발 시각과 항해 시간을 대략 계산하면 입항 날짜가 나옵니다."

"흠, 그렇군."

"입항 날짜는 적어도 하루에서 이틀, 많게는 일주일 정도 차이가 날 수도 있습니다."

"알고 있다."

그는 일지를 전부 챙긴 후 병사들을 바다로 보냈다.

"소형 상륙선을 주겠다. 그것들을 타고 연안까지 갈 수 있다면 살 것이고 그렇지 못하면 다 죽는다."

"저, 저희들을 살려주신다고 하지 않았습니까!"

"살려주지 않았느냐? 지금 여기서 죽고 싶은 것이냐?"

"아, 아닙니다! 가, 가겠습니다!"

병사들은 죽을상이 되어 바다로 향했다.

*　　　*　　　*

발트해 인근 메르시아 군도에 다섯 척의 배가 들어왔다.

끼이익!

메르시아는 구세주라는 뜻의 '메시아'가 바이킹의 구전을 타고 계속해서 변형되면서 생긴 이름이다.

20개의 크고 작은 섬으로 된 메르시아 군도에는 각 나라의 부패 군관들이 군수물자를 빼돌려 블랙마켓을 이루었다.

메르시아에는 아트마라는 여인이 조합장을 역임하고 있었는데, 그녀는 이곳 블랙마켓 상인 조합의 우두머리였다.

이곳에서 그녀의 명을 어기거나 눈 밖에 나는 행동을 하게 되면 즉시 퇴출되어 다시는 이곳에 발을 붙일 수 없게 된다.

그녀는 북유럽과 서유럽 국가들에게 세금을 바치며 이곳을 합법적인 시장으로 위장하고 있었는데, 그에 들어가는 세금은 전부 메르시아 입항 수수료와 블랙마켓 이용 수수료, 중개 수수료 등으로 충당했다.

명화방의 해적단 500명은 바로 일주일 전에 노략질한 영국의 함선과 보급물자 일부를 이곳에 팔기로 했다.

아트마가 이 물건의 출처에 대해서 물었다.

"영국의 전함이 아닌가요?"

"맞습니다."

"어디서 났습니까?"

"블랙마켓에서 그런 것도 묻습니까?"

"우리도 먹고 체할 만한 물건은 안 받아요. 영국 함대가 사용하던 군선을 우리가 미쳤다고 받아서 팔아요? 그랬다가 영국 함대에게 습격이라도 맞으면 어쩌려고요?"

"그게 무섭다면 애초에 장사를 하지 말았어야지요. 가격을 깎고 싶다면 그냥 말로 하십시오."

아트마는 매력적인 적발을 손으로 빙빙 돌리며 말했다.

"어머, 걸렸네?"

"언제부터 당신이 해적을 상대로 출처를 물었습니까? 그런 되지도 않는 소리는 그만 집어치우시죠."

"후후, 알겠어요."

그녀는 탁자 위에 금화 주머니를 올려놓았다.

촤라락!

"스페인에서 찍어낸 금화입니다. 어때요?"

"뭐, 좋습니다. 하지만 돈이 좀 많이 비는 것 같은데?"

"아무리 장물이라고 해도 군선은 좀 싸게 팔려요. 개조하는 데 얼마나 많은 돈이 드는데요."

"그럼 우리가 개조해 올 테니 개조 비용 내놔요."

"…거참, 무슨 장사를 그렇게 빡빡하게 해요?"

"목숨 걸고 군선 약탈해서 먹고사는 우리가 빡빡하지 않으면 도대체 누가 빡빡합니까?"

"하여간……"

그녀는 어쩔 수 없다는 듯 고개를 가로저었다.

"좋아요. 대신 나머지 대금은 영국 왕실 금화로 드릴게요. 그 정도는 괜찮죠?"

"물론입니다."

그녀가 명화방주에게 돈을 건네자 그는 무표정하게 돌아섰다.

*   *   *

메르시아 내 명화방 해적단 기지에 무혁이 돌아왔다.

"방주님, 오셨습니까?"

"내일까지 짐 꾸려서 다시 출항하자. 이번엔 제대로 한 건 해서 명성 좀 쌓아보자고."

"예, 알겠습니다."

무혁의 시종장은 그에게 방으로의 귀환에 대해 물었다.

"그나저나 페르시아만으론 언제 돌아갑니까?"

"우리가 이곳에서 명성을 쌓을 때까지."

"그게 중요합니까?"

"물론. 이대로 명화방의 상표를 붙이곤 제대로 장사 못해. 그러니 이곳에서 명성을 쌓고 돈을 유통시켜야지. 그 이후엔 판매 지역을 넓혀서 상권을 터야 하고. 그래야 우리 방이 살아남을 수 있다."

"알겠습니다."

지금은 프랑스와 영국이 전쟁을 벌이고 있기 때문에 그나마 명화방이 숨을 쉴 수 있지만 만약 정전협정이라도 맺어지면 명화방은 장사를 할 수 없을 것이다.

영국의 영향력이 워낙 방대하기 때문에 그들을 등지고는 물건을 팔 수 없으며, 연안에 배를 댈 수도 없다.

때문에 무혁은 이곳에서 자리를 잡고 제2, 제3의 메르시아를 개척하려는 것이다.

이것이 바로 무혁이 다른 왕실들과의 거래를 트기 전까지 방을 유지할 전략의 청사진이다.

"아무튼 오늘 밤까지 준비를 모두 마칠 수 있도록."

"예, 방주님."

무혁은 피곤한 몸을 이끌고 침대로 달려가 몸을 눕혔다.

다음날, 무혁의 선단이 먼 바다로 항해를 시작했다.

쏴아아아아!

무덤덤한 표정으로 망망대해를 바라보던 무혁은 순간적으로 자신의 눈을 의심했다.

그의 앞으로 당문의 깃발이 달린 상선이 달려오고 있었던 것이다.

순간, 그의 심장 깊은 곳에서 분노가 끓어올랐다.

"당문?"

"아는 사람들입니까?"

"우리 가문을 멸문지화시킨 놈들이다!"

"······!"

이를 바득바득 가는 무혁, 하지만 이곳에서 선단 전투는 엄격하게 통제된다.

"참으시죠. 여기서 포를 발사하면 우리는 퇴출입니다."

"···알고 있다."

쫘드드드득!

주먹을 꽉 말아 쥔 그는 시종장에게 말했다.

"···저놈들에 대해서 알아봐."

"예, 알겠습니다."

그는 깃발 아래에 적힌 알파벳을 머릿속에 기억했다.

"DMS. 절대로 잊지 않겠다."

무혁은 혀를 깨무는 심정으로 다시 바다로 나아갔다.

1. 뜻밖의 사건

　서울중앙지검 공안부 조사실 안, 유주가 반팔 차림으로 취
조를 진행 중이다.

　끼익, 끼익.

　조사실 천장에 매달린 등이 일정한 간격을 유지하며 흔들리
고 있다.

　유주는 자신의 앞에 앉은 의문의 사내를 바라보며 물었다.

　"진짜 계속 이럴 거야?"

　"……."

　"네가 입을 다물면 다물수록 너희들 당에 불리하다는 것을 모르는 건가?"

"……."

끝까지 묵비권을 행사하는 그를 바라보며 유주가 말했다.

"어이, 무장공비 씨, 요즘 밖에서 인권이네 뭐네 말이 많지만 네놈에겐 인권이 없어. 왜 그런지 알아? 너는 공식적으로 세상 어디에도 없는 사람이니까. 공산당이 간첩 하나 살리겠다고 대외적으로 외교 문제를 일으키지는 않을 것이니까. 한마디로 우리만 입을 다물면 너는 그냥 객사한 사람이 된다는 소리지."

"…법의 수호자라는 년이 행동은 꼭 건달 같군."

"미친놈, 무장공비 주제에 그게 할 소리냐?"

그녀는 무표정한 얼굴로 사내의 얼굴을 발로 걷어차 버렸다.

퍼억!

"크윽!"

"버러지 같은 새끼, 입 안 열면 나는 너를 인간으로 취급하지 않을 것이다."

잠시 후, 음식물 쓰레기통을 들고 공안부 검사 두 명이 들어왔다.

끼익.

"박 검사, 이 새끼가 아직도 입을 안 열어?"

"요지부동이네요."

"…이 새끼, 북에서 온 놈을 우리가 순순히 살려줄 것 같아? 그나마 병신처럼 평생 반신불수로 살고 싶지 않으면 주둥이를 여는 것이 좋을 거야."

"훗, 마음대로 해라."

공안부 검사들은 오늘 제대로 날을 잡은 듯 셔츠를 벗고 민소매 한 장만 걸치고 있었다.

그중 한 사람은 몸에는 정체불명의 문신이 어지럽게 자리 잡고 있다.

순간, 무장공비로 잡혀온 용의자의 눈동자가 번쩍 뜨였다.

"따, 땅거미부대?"

"…인민들이 나를 버렸고 한국이 나를 살렸다. 나는 빨간색이라면 지나가다가 불을 지르는 사람이야."

"이, 이런 제기랄!"

"보아하니 네놈은 북에 가족도 있는 모양인데, 안되었군. 나는 가진 것이 하나도 없어서 아주 편안한 마음으로 귀순했는데 말이야."

"……."

"원한다면 북측에 네놈이 붙었다는 허위 증거들을 첨부해서 발송할 수도 있다. 그렇게 된다면 네 가족은 어떻게 될까?"

"이, 이런 종간나 새끼가!"

"워워, 진정해. 그리고 요즘 세상에 누가 이북 사투리를 쓰나? 한국에 왔으면 한국말을 써야지. 간첩치곤 프로 정신이 상당히 떨어지는군."

"…죽고 싶네? 이 아새끼, 눈깔을 뽑아서 간장조림을 만들어 버리갔어!"

"큭큭, 눈알장조림이라……. 취향 참 특이한 놈이로군."

그는 유주에게 이메일 주소를 하나 건넸다.

"이놈의 사진을 찍어서 이곳으로 첨부해서 보내 버려."

"이게 어디의 주소인데요?"

"정찰총국 비서실의 이메일 주소야. 대외적으로 북한과 관련된 정보기관이라면 모두가 알고 있는 가장 잘 알려진 주소지. 이곳에 메일을 보내면 아마 말단 정보원부터 수뇌부까지 이놈의 만행에 대해 다 알게 되겠지."

"알겠습니다. 그렇게 하지요."

"야, 이 애미나이야! 그러지 말라우! 내, 내래 다 말하갔어!"

"…의외로 쉬운데요?"

"으음, 아직 멀었어. 일단 이메일 작성해서 이놈에게 마지막으로 보여줘. 그리고 다시 애기하자고."

"크아아아악! 이런 개잡놈의 새끼들!"

"큭큭, 더 짖어라! 이 빨갱이 새끼야!"

유주는 거의 미친 사람처럼 용의자를 심리 고문하고 있는 공안부 특수수사과장 조진호를 바라보며 고개를 가로저었다.

"저 선배는 언제부터 저렇게 독한 사람이 되었어요?"

"언제부터이긴, 북한에서 자신을 쓰다 버리고 아내와 아들까지 전부 죽인 후부터지."

"으음."

"자네 같아도 저렇게 머리가 돌아버릴 수밖에 없을걸. 목숨 걸고 남한으로 침투해서 거의 5년 가까이 고생, 생고생 다 하다가 붙잡혀 고문당하는 중에 가족이 다 죽었으니 말이야."

"흠, 그건 좀 심했군요."

"북한 특수공작부에선 고위급 정보원과 소식이 두절되면 그 즉시 가족들을 죽이나 봐. 내가 알기론 그냥 수용소로 보낸다고 하던데 말이야."

"정보가 샜다고 생각한 모양이지요."

"뭐, 그럴 수도 있고. 하지만 어찌 되었건 간에 지금 조진호 과장은 제정신이 아니야. 빨간색만 봐도 경기를 일으킨다고."

"그, 그렇군요."

유주는 오늘 사상이라는 것이 사람을 얼마나 힘들게 하는지 잘 알 수 있었다.

'분단의 빌어먹을 현실이군.'

그녀는 노트북으로 이메일을 작성하기 시작했다.

*　　　　*　　　　*

대전 외곽순환도로 안.

부아아아앙!

빠르게 달리는 자동차 안에 포박된 채로 앉은 민지영은 눈동자를 이리저리 굴리며 그들의 눈치를 보고 있다.

그들이 구사하는 언어는 분명 한국어가 아니었고, 언뜻 들리는 단어들은 전부 중국의 것이었다.

'중국 사람들이 왜 나를 납치하는 거지?'

처음 그녀가 납치되었을 때만 해도 AS미디어그룹의 간부 중 한 명이나 그녀를 음해하려는 모기업 내부의 적이라고 생각했다.

하지만 어쩌면 제3의 세력이 이 사건에 개입되었을 수도 있다는 생각이 드는 그녀이다.

'도대체 뭘까? 간부 중 한 명이 나를 납치하기 위해서 의뢰한 건가? 납치 교사? 그런 짓을 할 수 있는 사람이 있었나?'

곰곰이 생각에 잠겨 있던 그녀에게 한 중국인이 어눌한 발음으로 물었다.

"어이, 아가씨, 물 한 잔?"

"무, 물이요?"

"목 안 말라?"

"고, 고마워요."

중국인들은 그녀에게 물병을 건네면서 손발을 풀어주었다.

"마셔."

"네, 네."

이들은 그녀가 도망칠 수 없다고 생각하는지 아예 포박도 풀어버리고 자유롭게 그녀를 데리고 다니기로 한 모양이다.

그녀는 이것이 기회라고 생각했다.

꿀꺽, 꿀꺽!

물을 벌컥벌컥 들이켜던 그녀는 차가 조금이라도 멈춰 서는 순간이 생긴다면 바깥으로 몸을 던지겠다고 마음먹었다.

하지만 그녀의 생각은 너무나도 어처구니없이 좌절되고 말았다.

"아참, 혹시나 해서 말하는 건데, 도망칠 생각은 하지 마. 네가 눈동자 굴리는 것 다 보여."

"……."

"그리고 말이야, 도망치다 걸리면 이 자리에서 네 장기를 다 적출해서 중국 부자들에게 팔아넘길 거야. 죽어서 호강할래, 아님 살아서 집으로 돌아갈래?"

"가, 가만히 있을게요."

"그래, 머리가 아주 나빠서 바보가 아닌 이상에야 다시는 그런 생각 하지도 마. 알겠지?"

"…네."

"나도 당신같이 예쁜 사람은 죽이고 싶지 않으니까."

순식간에 합죽이가 되어버린 그녀를 두고 몇몇 사내들이 낄낄거리며 말했다.

"큭큭, 너무 겁주는 것 아니야?"

"이래야 도망을 안 갈 것 아니야?"

"하여간 미녀와 협을 너무 중요시해서 탈이라니까."

"그게 내가 살아가는 가장 큰 이유지."

지금 이 말은 전부 중국어로 지껄여서 그녀가 이해할 수 있는 부분이 하나도 없었다.

하지만 어쩐지 이 사람들은 납치를 아주 가벼운 여흥거리쯤으로 생각하는 것 같았다.

'뭐야? 도대체 이 사람들 정체가 뭘까?'

그녀는 머리가 너무 복잡해지는 것을 느꼈다.

*   *   *

민지영의 납치 네 시간째, 그녀의 지인들은 이 사실을 경찰에 가장 먼저 알렸다.

서울 강남구의 한 오피스텔 안, 민지영의 동생 민지우가 불안한 얼굴로 태하의 소맷자락을 붙잡고 있다.

신고를 받고 출동한 경찰들 사이에는 추나희가 끼어 있었는데, 그녀는 비공식 조사를 하던 차에 태하의 얘기를 듣고 부랴부랴 이곳으로 달려온 것이다.

추나희가 태하를 민지영의 지인이라고 소개하는 바람에 민지우는 태하를 의지하려는 모양이다.

하지만 사실 민지영에 대해서 아는 것이 별로 없는 태하였다.

"…언니의 지인이라고 하셨죠?"

"그렇긴 합니다만 기껏 해봐야 사업 얘기를 몇 번 나눈 것뿐입니다."

"그래도 이런 사건에 뛰어든 것을 보면 아주 생면부지 남은 아니라는 거잖아요?"

"뭐, 그렇다고 볼 수도 있겠군요."

"우리 언니 좀 찾아주세요! 저는 언니가 없으면 고아가 된단 말이에요!"

태하를 붙잡는 그녀에게 추나희가 말했다.

"카미엘 엑트린 회장님은 참고인으로 이곳에 온 겁니다. 그분과는 깊은 관계가 아니라고요."

"그, 그래도……."

"우리가 최선을 다할 겁니다. 그러니 걱정하지 마세요."

"알겠어요."

추나희는 형사들에게 범인들의 협박 내용에 대해 물었다.

"민지영 씨를 납치한 범인들에게 전화가 왔었다고? 그 내용이 뭐였지?"

"없습니다."

"…뭐?"

"내용이 없었습니다. 그냥 그녀는 잘 있으니까 걱정하지 말라는 얘기뿐이었습니다."

"납치를 했는데 요구 사항이 없다?"

"예, 그렇습니다."

"이 새끼들, 도대체 뭐지?"

태하는 가만히 생각에 잠겼다.

"사람을 납치했는데 별다른 요구 사항이 없다……."

"그런 짓을 왜 할까요?"

"그녀가 납치되어 한 1년 사라졌다가 나타나면 가장 큰 이득을 보는 사람들이 있다면 충분히 그럴 만하죠."

그녀의 눈이 반짝인다.

"AS미디어그룹의 수뇌부들이 민지영 씨를 퇴출시키고 계열사를 하나둘 팔아먹으려 한다고 했던가요?"

"모기업에서도 그런 움직임이 있지요."

"일단 AS미디어그룹부터 파보도록 하시죠."

"그럽시다."

두 사람은 형사들에게 현장을 맡겨놓고 오피스텔을 나섰다.

        *   *   *

같은 시각, 형사들이 잔뜩 모인 오피스텔 옥상에 도청기를 낀 한 무리의 사내들이 있다.

"…납치를 당했다고?"

"이것 참, 어떤 새끼들이 우리보다 먼저 선수를 쳤을까?"

"그러게 말입니다."

"흐음."

골똘히 생각에 잠겨 있던 그들이 하나의 가설을 내어놓았다.

"혹시 우리 말고 저 여자를 노리는 사람들이 또 있는 것 아닐까요?"

"우리 말고 카미엘을 노리는 사람이 또 있다고?"

"저렇게 엄청난 놈이라면 우리 말고 노릴 사람이 얼마든지 있을 겁니다."

"하긴, 저런 무지막지한 사고뭉치라면 그럴 만도 하지."

사내들 중 한 명이 고개를 갸웃거렸다.

"그런데 말입니다, 저 여자와 카미엘이 과연 무슨 사이일까요?"

"내연의 관계라고 하지 않던가?"

"내연이요? 그냥 사업 파트너라고 하지 않았습니까?"

"…뭐야? 정보가 왜 이렇게 꼬여 있어?"

"한 곳은 오래된 정보원이 보낸 것이고 하나는 경찰계 프락치가 보낸 것이라 그렇습니다."

"경찰?"

"우리가 용의자로 의심되는 자의 지문을 채취해서 조사를 의뢰한 정보 장사꾼이 경찰계에서 일하고 있다더군요."

"으음, 그래?"

"하여간 어느 쪽이던 간에 그 여자가 중요한 사람인 것은 확실합니다. 그게 아니라면 저렇게 직접 나서서 조사할 리가 없지 않습니까? 더군다나 얼마 전에 공화국으로 들어온 그 무지막지한 칼잡이가 있는데 자신이 직접 나선다는 것은 그만큼 간절하다는 뜻 아니겠습니까?"

"…그 빌어먹을 개놈의 새끼가 칼을 좀 쓰긴 하지."

"그런 날쌘돌이를 굴려먹지 않는 것에는 다 이유가 있을 겁니다."

"흠, 그래. 그렇다면 저 여자를 결코 빼앗겨선 안 되겠군."

"물론입니다."

"좋다. 저 협박범들을 우리가 먼저 잡는다."

"진심이십니까?"

사내는 인상을 확 찌푸렸다.

"내가 작전에 임하면서 장난치는 것을 보았나?"

"아, 아닙니다!"

"우리는 혁명전사다. 장난이란 있을 수가 없지."

"예, 명심하겠습니다!"

"아무튼 간에 저 종간나 새끼들을 잡을 방법에 대해 강구해 보자고."

"저에게 좋은 방법이 있습니다."

"뭔가?"

"우리에게 정보를 판 경찰 있잖습니까? 그 여자의 말에 의하면 이 간나가 한 카페를 지속적으로 사용했다고 합니다."

"카페?"

"차를 파는 곳 말입니다."

"아아, 젊은 여자가 차 마실을 다닌 게로군."

"비슷합니다. 아무튼 이 카페의 폐쇄 회로를 다 뒤져보면 반드시 꼬리를 잡을 수 있을 겁니다. 그 여자의 말에 의하면 이 종간나가 거의 하루 종일 그곳에 처박혀 있다시피 한다고 했습니다."

"좋아, 그곳으로 가보자."

"예, 부장 동지."

그들은 강남의 어썸플레이스로 향했다.

*　　　*　　　*

강남 어썸플레이스 앞, 추나희가 형사 한 명과 함께 CCTV 조사 협조를 구하고 있다.

"이곳에 CCTV가 총 몇 대 있지요?"

"총 55대입니다. 내부에 40대, 바깥에 15대가 설치되어 있지요."

"그중에 주차장의 CCTV도 있습니까?"

"물론이지요."

"좋습니다. 이 안의 CCTV를 모두 좀 보여주시지요."

"저, 무슨 일로……."

"경찰 조사가 있습니다. 불똥 튀기 싫으면 그냥 보여주시는 것이 좋아요."

"아, 예."

업소의 이미지는 업주들이 생각하는 것보다 훨씬 중요하기 때문에 이런 식으로 협박을 하면 열이면 열 전부 다 협조를 할 수밖에 없다.

이 세상에 누가 대놓고 경찰들이 왔다 갔다 하는 카페에 다니고 싶겠는가?

그는 추나희를 카페의 직원 대기실로 데리고 갔다.

끼이익.

주방 뒤로 연결되어 있는 직원 대기실의 문을 열자 55개의

CCTV가 350평 규모의 어썸플레이스 전역을 감시하는 영상이 보인다.

화장실과 탈의실을 제외한 모든 곳이 이 안에서 전부 들여다보인다고 할 수 있었다.

그녀는 신참 형사인 김선필에게 CCTV 조사를 지시했다.

"자, 이제부터 너는 이곳에 있는 CCTV 화면을 모두 회수해서 점검한다."

"저, 전부 다 말입니까?"

"왜? 뭐가 잘못되었나?"

"아, 아니요. 그런 것은 아니지만……."

"형사는 사소한 것 하나도 놓쳐선 안 된다."

"하지만 그렇게 되면 시간이 너무 많이 걸리지 않을까요?"

"…시간이 많이 걸린다?"

"예, 반장님! 제 소신껏 말씀드리는 겁니다만, 이건 너무 구닥다리 수사 방식입니다!"

신참의 말도 안 되는 항변에 추나희가 수긍하듯 고개를 끄덕였다.

"으음, 그렇단 말이지?"

"예, 그렇습니다!"

"좋아, 잘 알겠다."

추나희는 이내 누군가에게 전화를 걸었다.

"나야, 반장. 오늘 전부 다 집합이다. 이 새끼들이 다 빠져가지고 반장이 시킨 일을 빵꾸 내고 있어? 오늘 군기 한번 잡아보자고."

"바, 반장님?"

"아참, 막내는 빼라. 우리 수사 방식이 구닥다리라고 하기 싫단다. 당장 책상 빼고 교통계에 전화해서 전출시켜."

"죄, 죄송합니다, 반장님! 제가 잠시 미쳤었나 봅니다! 죄송합니다!"

그녀는 울상이 되어 싹싹 비는 김선필의 얘기는 듣지도 않은 채 돌아섰다.

그리곤 아주 짧게 얘기했다.

"어이, CCTV 화면만 챙겨서 돌아와. 내일 아침부터는 교통계로 출근하고."

"죄, 죄송합니다! 다시는 안 그러겠습니다!"

"으음, 괜찮아. 절이 싫으면 중이 떠나는 것이 맞지. 보내줄 테니까 교통계로 가라. 내 동기가 거기 과장으로 있거든? 거기서 네가 좋아하는 합리적 수사를 한번 해봐."

"흑흑, 반장님!"

추나희는 눈물을 쥐어짜는 그를 바라보며 무표정하게 물었다.

"자꾸 부르는군. 무슨 볼일 있나?"

"죄송합니다! 다시는 그런 말도 안 되는 소리 하지 않겠습니다!"

"그래? 그럼 내가 시키는 일은 앞으로 무슨 일이든 다 하겠다는 소리로 들어도 되겠군?"

"무, 물론입니다!"

"좋아, 너에게 기회를 한 번 주기로 하지."

"가, 감사합니다!"

그녀는 김선필에게 한 가지 핸디캡을 주었다.

"오늘 경찰서로 돌아가면 엎드려뻗쳐서 CCTV를 확인한다. 알겠나?"

"어, 엎드려뻗쳐서요? 그건 좀……."

"교통계 전화번호가……."

"아, 아닙니다!"

"다시 한 번만 더 토를 달면 전출 보내 버릴 줄 알아라. 알겠나?"

"예, 알겠습니다!"

추나희는 카페 사장에게 정중히 고개를 숙였다.

"소란 피워서 죄송합니다."

"아, 아닙니다. 편하게 수사하시지요."

아마 이 정도면 추나희가 결코 만만한 사람이 아니라는 것을 두 사람 모두 알았을 것이다.

그녀는 태하가 수사 중인 AS미디어그룹 중역들에 대해 조사하기로 했다.

*　　　　*　　　　*

늦은 밤, 서울 강남의 한 요정에서 술판이 벌어지고 있다.

떵디디딩딩!

"얼쑤, 좋다!"

"야, 이 계집들아! 술 한잔 따라보거라!"

"호호, 예, 나리!"

지금 이곳은 조선시대로 타임슬립을 한 것 같은 느낌이 들 정도로 리얼한 복장과 분위기를 연출하고 있었다.

여자들은 전부 기생들이 하던 올림머리와 고풍스러운 장신구들을 차고 남자들을 수행하고 있었다.

하지만 그녀들의 옷은 속이 전부 다 비치는 얇은 소재로 되어 있어서 껴안는 것만으로도 살결의 촉감이 그대로 느껴질 정도였다.

남자들은 한껏 웃으며 그런 여자들의 속살을 떡 주무르듯이 주물럭거렸다.

"하하, 아주 탱글탱글하구나!"

"호호, 맛은 더 좋답니다."

"어디 그럼 맛이나 한번 볼까나?"

"꺄악, 여기서 이러시면 안 됩니다! 호호호!"

현대판 기생전이 벌어지고 있던 요정으로 한 남자가 문을 박차고 들어섰다.

콰앙!

"허, 허억!"

"이, 이 새끼, 뭐 하는 새끼야!"

그는 품에서 장검을 뽑아 들었다.

스르르르릉!

"어, 어어?"

"꺄아아아악!"

"다들 나가 있어요. 여기 있다간 피를 볼 수도 있으니."

"가자, 가자!"

화들짝 놀라서 도망가는 그녀들, 사내는 그녀들이 모두 빠져나간 후에야 자리에서 움직였다.

그는 자신과 가장 가까운 사람의 목에 칼을 겨누었다.

척!

"왜, 왜 이러십니까? 내게 뭔가 원한이라도……?"

"원한? 그런 것 없어. 그냥 알고 싶은 것이 있어서 온 것뿐이야."

"그럼 말로 하시면 될 것을……."

"아아, 미안. 내가 좀 무식해서 말이야."

사내는 그의 검으로 손등을 찍어버렸다.

쾅!

푸하아아아아악!

"끄아아아아아악!"

"길게 말 안 한다. 너희들, 대표이사를 납치한 세력과 관련이 있나?"

"어, 없습니다!"

"그럼 국사모와 관련된 세력과 손을 잡았나?"

"아, 아닙니다!"

"다시 한 번 묻겠다. 만약 내가 들어서 거짓말인 것 같으면 손모가지를 쳐버리겠어."

"사, 살려주십시오!"

"살려는 줄 것이다. 다만 병신이 되어서 이 요정을 나갈 뿐이지."

그의 눈동자에선 마치 맹수에게서나 볼 수 있을 법한 예기가 흘러나오고 있었다.

만약 더 이상 헛소리를 했다간 정말로 목이 달아날 것 같은 생각이 드는 이들이다.

"…배, 배후에 누가 있는지 알고 있습니다!"

"오호, 진즉 그렇게 나왔어야지."

"중국 DMS그룹에서 그녀를 잡아갔습니다!"

"DMS그룹?"

"예, 그렇습니다!"

"그녀를 잡아가서 뭘 어쩌려는 거지?"

"이제 곧 AS미디어그룹의 정기 주총이 있습니다. 그때 사장 직에서 그녀를 쳐내고 모기업에서 계열사를 어딘가로 판매할 계획이었습니다."

"계열사를 판매한다고?"

"어디인지는 잘 모르겠습니다만, 방송국들을 갖고 싶어 하는 사람이 있다고 들었습니다."

"방송국이라……. 인터넷에 이어서 방송국까지? 아주 제멋대 로 다 해 처먹는군."

사내는 계속해서 그들을 추궁해 나갔다.

"DMS그룹과 국사모가 관련이 되어 있나?"

"구, 국사모요?"

"DMS가 그녀를 납치했다고 하지 않았나? 그들이 국사모라 는 집단과 관련이 있는 것이냐고 물은 것이다.

"국사모는 잘 모르고 이 프로젝트가 국회의원 누군가와 견련 (牽連)되어 있다는 것은 알고 있습니다."

"국회의원이라?"

"자세한 신상 정보는 저희들도 잘 모릅니다."

"그래?"

"이것이 저희들이 아는 전부입니다! 그러니 그 사람의 손을 놓아주시지요!"

"좋아, 손은 놓아주도록 하지. 하지만 만약 내가 조사해서 사실과 다른 점이 하나라도 발견된다면 결코 살려두지 않겠다."

"무, 물론입니다!"

사내는 검을 거두고 요정을 나섰고, 손을 찔린 남자는 식은 땀을 줄줄 흘리고 있다.

"으으으......!"

"이, 이봐! 괜찮아?"

"나, 난......."

바로 그때, 그의 손이 서서히 아물기 시작했다.

뚜두두둑!

"어, 어어?"

"이, 이거 왜 이래!"

"저 사람 뭐지?"

그의 검에 찔린 상처가 아무는 것, 아무래도 이것이 저 남자가 벌인 일이 아닐까 하고 생각해 보는 일행이다.

일단 어떻게 될지 모르니 병원부터 가는 것이 상책일 것이다.

"벼, 병원부터 가자고!"

"그러자고!"

손을 붕대로 칭칭 감은 일행은 재빨리 병원으로 향했다.

*　　　　*　　　　*

대전에서 군산으로 내려온 자동차가 항구로 들어서는 것을 지켜보고 있던 민지영은 남자들에게 물었다.

"…질문 하나만 해도 될까요?"

"뭔가?"

"저를 데리고 도대체 어디로 가는 건가요?"

"알고 싶나?"

"저를 죽이실 것이라면 어쩔 수 없겠지만, 최소한 목적지라도 알고 싶어서요."

"뭐, 못 알려줄 것도 없지. 너는 지금 태국으로 가는 길이다."

"태, 태국이요?"

"타이 몰라?"

"아, 알지요."

"그곳으로 간다고. 왜? 뭐가 잘못되었나?"

"…그, 글쎄요. 납치된 마당에 뭔가 더 잘못될 것이 있겠어요?"

"큭큭, 그건 그렇지. 아무튼 너무 걱정하지는 마라. 때가 되면 멀쩡하게 풀어줄 테니까."

그녀는 자신의 왜 납치한 것인지 물어보려다 그냥 입을 닫아버렸다.

'그래, 더 이상 깊게 알려 하면 나를 죽이려 들 거야.'

지금까지 이들이 한 행동으로 미뤄보면 쓸데없는 반항만 하지 않으면 큰 문제는 발생하지 않을 것으로 보였다.

그렇다면 그냥 순전히 입을 닫고 있는 것도 그리 나쁘지는 않을 것 같았다.

잠시 후, 차 문이 열리면서 짭짤한 바닷가의 비릿한 향이 물씬 풍겨왔다.

사내들은 민지영을 '블루라군'이라고 쓰인 배에 태웠다.

"가자."

"…알겠어요."

그들은 배의 난간에서 그녀가 떨어질까 봐 에스코트까지 해주면서 민지영을 배에 태웠다.

그리곤 배에 들어서자마자 그들은 그녀에게 저녁 식사 메뉴를 물었다.

"고기가 좋아, 야채가 좋아?"

"저는 야채가……."

"그래, 그렇다면 해물 육수에 야채를 데쳐서 먹는 것으로 저녁을 삼자고."

그녀는 자신에게 이상하리만큼 잘해주는 이 납치범들을 이해할 수가 없었다.

'도대체 뭐가 어떻게 돌아가는지 알 수가 없네.'

궁금한 것이 한두 가지가 아니지만 더 이상 입을 열었다간 황천길을 건널 수도 있겠다 싶은 그녀이다.

입을 굳게 닫은 그녀는 순순히 그들을 따라서 얼마가 될지 모르는 기나긴 항해를 시작했다.

2. 과거지사

중국 장가계의 한 정각.

파바바밧!

무릉도원을 연상키기는 장가계의 장엄한 바위산 중턱에 있는 이 정각으로 20명의 남자들이 허공답보로 달려왔다.

그중에 열은 예순이 훨씬 넘은 나이였고 다섯은 30대, 다섯은 20대였다.

20대 청년들이 일제히 포권을 취했다.

척!

"선배님들, 문안 인사 올립니다!"

"이곳에서까지 격식 차리지 말자고. 여기가 무슨 도장도 아니고 말이야."

"그렇지만 법도는 법도 아닙니까?"

"…요즘은 젊은 사람들이 더 고지식한 것 같아. 그렇지 않나?"

"뭐, 그렇다고 볼 수도 있겠군."

잠시 후, 한 중년인이 정각의 계단을 타고 올라왔다.

이곳에 모인 사내들이 그에게 아주 정중하게 포권을 취했다.

"맹주께서 오셨구려."

"맹주님을 뵙습니다!"

"여러 선배님들과 후배님들, 반갑습니다. 저의 갑작스러운 소집에 이렇게 기꺼이 응해주시다니 뭐라 감사의 말씀을 드려야 할지 모르겠습니다."

"별말씀을. 맹주가 모이라면 모여야 하는 것이 도리 아니겠소?"

"거듭 감사드립니다."

DMS그룹 독고가의 당주 독고성문이 고개를 숙이자 그의 눈동자와 머리색이 연한 녹색으로 반짝였다.

안휘성 JS그룹 남궁청운은 독고성문의 머리를 바라보며 감탄에 겨운 목소리를 냈다.

"…대왕독무술을 극성까지 익히신 겁니까? 그 머리색, 독왕이라고 해도 손색이 없을 정도군요."

"과찬이십니다. 아직 한참 멀었습니다. 뛰어넘어야 할 산이 도대체 몇 개인지 알 수가 없을 정도입니다."

대왕독무술은 사천당문의 전승비기로, 현세에 들어선 그것을 극성으로 익힌 자가 전무할 정도의 익히기가 까다로웠다.

만독불침의 몸이 되는 대왕독무술은 반대로 만독천하의 엄청난 무력을 자랑하는 당가의 절학이다.

당씨 성으로 출발한 당문은 현재 15개의 지파, 20개의 성씨가 그 명맥을 이어나가고 있다.

독고성문은 그중에서도 대대로 천왕살수들을 배출한 독고가의 당주였다.

1800년대 미국에서 명화그룹에게 참패한 이후부터 DMS그룹, 그러니까 옛 무인 집단인 무림맹은 당가가 맹주로서 그 명맥을 이어나가고 있었다.

그들은 대대로 전해져 오는 무기 제조 기술로 기업을 일구고 지금의 DMS그룹을 이룩했다.

사천당문을 중심으로 뭉친 이들 역시 무림 최고의 권세가들로, 지금은 중국의 핵심 산업을 주도하고 있다.

이들은 자신들이 뿌리 깊은 무인이라는 자긍심으로 살아가고 있으며, 명화방을 주적이라고 생각하고 있었다.

독고성문이 20명의 사내들에게 말했다.

"제가 선배님, 후배님들을 모이라고 한 이유는 바로 명화방 때문입니다."

"명화방? 마교가 지랄을 떠는 것이 어디 하루 이틀의 일이오?"

"그렇지요. 하루 이틀의 일은 아니지만 이번에는 자못 심각합니다."

"칼부림이 날 정도란 말이오?"

"그보다 심각합니다."

"흐음, 그렇게까지 심각한 일이 벌어진 때가 100년은 더 지난 것으로 아는데. 그리 사안이 중요하오?"

"천검진이 깨어났습니다."

순간, 20명의 사내가 눈을 동그랗게 떴다.

"처, 천검진이!"

"그 사술이 없어진 지가 언제인데……."

"그렇습니다. 900년도 더 되었지요. 하지만 믿을 만한 소식통에 의하면 그들이 천검진의 주인을 찾아냈을 가능성이 높다고 합니다."

"허, 허어!"

"우리 당문에선 벌써 살수들을 대거 투입해서 그 실체를 파악하는 중입니다."

"…정말 큰일이 벌어지고 말았군."

"해서, 저는 여러분께 직접 당부의 말씀을 드리고자 이렇게 자리를 마련한 겁니다."

"당부라……."

"혹시나 천검진의 주인이 나타난다고 해도 절대로 맞서지 말고 피하시기 바랍니다."

"…지금 우리에게 죽음보다 못한 일을 하라는 것이오?"

"천검진은 위험한 사술입니다. 무인 백 명의 힘을 가진 그 사술이 실제로 펼쳐진다면 현경의 고수들이 떼로 덤벼도 이기지 못할 겁니다. 이것은 비겁한 도망이 아니라 작전상 후퇴입니다. 천검진을 상대할 비기가 발견될 때까진 자중하자는 얘기지요."

"으음."

"여러모로 심기가 불편해졌으리라고 생각합니다. 하지만 지금으로썬 이것이 최선입니다."

처음엔 다소 화가 나던 그들이지만 독고성문의 얘기를 천천히 듣고 보니 자신들이 경거망동했다는 것을 인정할 수밖에 없었다.

"맹주의 말이 맞소. 그놈이 도시 한복판에서 칼부림을 해도 아무도 모를 것이오."

"그래, 조심하는 것이 맞소."

"제 의견을 수렴해 주셔서 너무나도 감사합니다."

"뭘, 이게 모두 다 함께 먹고살자고 하는 얘기인데."

"그리 이해해 주신다면 제가 너무 감사하지요."

회의를 모두 끝낸 독고성문은 간단한 비무를 통하여 모임의 흥을 돋우기로 했다.

"비무를 통하여 후배들에게 가르침을 주고 승자가 모두에게 아량을 베풀어 술자리를 마련함이 어떤가 싶습니다."

"오오, 술 좋지!"

"그럼 지금부터 시작해 볼까요?"

"심판은?"

"비무가 없는 사람들이 전부 심판입니다."

"좋소, 시작합시다."

독고성문은 이제 막 시작되려는 비무판에 시선을 두고 있으면서도 자꾸 천검진이 마음에 걸렸다.

명교의 천마조사가 고안하여 지금까지 익힌 사람이 몇 안 된다는 천검진은 사장된 지 900년이나 된 무공이다.

하지만 이제 와서 그 무공이 세상 밖으로 나왔다는 것은 현세의 정사대전이 다시 벌어지려 한다는 뜻이기도 했다.

독고성문은 이번 비무를 통하여 고수들의 실력을 증진시켜 천검진에 대비하고자 하는 마음이다.

'지금의 우리는 그놈들을 이길 수 없다. 다시 북미 대륙에서의 참패를 거듭할 수는 없다.'

그는 이를 악물고서라도 이 사태를 타파해 나가기로 했다.

           *   *   *

늦은 밤, 태하의 숙소에 검은 그림자가 드리워 왔다.

스스스스슥!

오늘 밤 중국으로 떠나려는 태하의 행동에 제동이 걸리는 순간이다.

'무공?'

태하는 자신의 주변으로 몰려들고 있는 이 기운이 적어도 일류고수급의 것이라는 사실을 어렵지 않게 간파할 수 있었다.

그를 향해 달려오는 기운은 적어도 20명. 지금과 같은 일은 아주 의외의 상황이다.

"요즘 세상에 무공을 익힌 사람이 20명이나 함께 다닌다니……."

태하는 일단 현명신장의 일수를 유리창 너머의 그림자에게 뻗었다.

끼이이잉, 파앗!

현명신장이 유리창 너머로 무형의 파장을 형성시키자 그로 인해 그림자 다섯이 밖으로 떨어져 나갔다.

퍼억!

"크허억!"

"이, 이런……!"

파바바밧!

"또 쇄도를?"

저들은 겁이 사라지는 마약이라도 복용한 것일까?

장을 맞은 다섯 명은 떨어져 나갔음에도 불구하고 계속해서 앞만 보고 달렸다.

태하는 고개를 갸웃거렸다.

"이해를 할 수 없군. 어디서 보낸 자들일까?"

요즘 세상에 이런 움직임을 보일 수 있는 사람은 특수부대 이상의 킬러나 히트맨 정도 될 것이다.

그러나 그들은 지금과 같은 잠행술이나 은둔무공을 펼칠 수 있는 능력이 없다.

더군다나 이들은 태하가 생각지도 못한 경지의 경공술을 펼쳤다.

끼리리릭, 파밧!

"초상비!"

그들은 유리창의 좁은 틈으로 몸을 구겨 넣었는데 그것은 경공을 펼치는 사람이 아니면 절대로 펼칠 수 없는 것이다.

태하는 예전에 명화그룹 회장이 무공을 가지고 있다는 사실을 알아낸 적이 있다.

'그렇다면?'

이들이 명화방 사람들이 맞는다면 지금 이 공격은 도대체 무엇을 뜻하는 것일까?

자세한 것은 이들을 사로잡아서 물고를 내면 밝혀질 사실이다.

그는 건곤대나이의 심결을 손끝으로 모두 이동시켜 기의 흡혈을 시전했다.

"흡성대법!"

슈가가가가각!

흡성대법은 진기를 가진 사람들을 마치 자석처럼 끌어들여 그들이 가지고 있는 내공과 진기를 전부 다 빨아들이는 무공이다.

항간에는 이것을 마교의 괴공이라 칭하여 아주 상스럽게 여겼지만 흡성대법은 현경 이상의 경지에 오른 고수가 아니면 절대로 사용할 수 없는 절대무공이다.

의문의 살수들은 태하가 뻗은 흡성대법에서 벗어나기 위해 다시 온 길로 되돌아가려 했으나, 이미 흡성대법의 기운이 그들의 단전을 끌어당기고 있었다.

츠츠츠츠츠!

"처, 천겸진 님! 수를 거두시지요!"

"천겸진?"

순간 태하는 극성으로 전개할 뻔한 흡성대법을 거두었다.

그리고 바닥에 널브러진 20명의 복면인에게 다가가 자신의 천검진에 대해 물었다.

"…천검진에 대해서 어떻게 알고 있지?"

"당신께서 사막 횡단을 펼치실 때 어렴풋이 가늠하고 있다가 명화방주께서 대국을 펼치다가 알아내셨지요."

"명화방주?"

"플라워리 가문을 찾아가셨다고 들었습니다."

"흐음."

"명화방에선 100년이 넘도록 천검진의 주인을 찾아다녔습니다만, 번번이 헛걸음을 하고 말았습니다. 하지만 이젠 천검진이 진짜 주인을 만나셨으니 우리 방에게 이보다 더 큰 홍복은 없을 겁니다."

태하는 자신을 찾아온 이 복면 무리를 믿기가 상당히 껄끄러웠다.

"나를 찾아온 것이 명화방의 뜻이라면 어째서 복면을 쓰로 뒤통수를 치려 한 것이지?"

"…뒤통수를 친 것이 아닙니다. 다만 천검진의 주인께서 정말로 그만한 경지에 올랐는지 알아보고 싶었을 뿐입니다."

"사람을 시험하려 했다?"

"무례를 용서해 주십시오!"

태하는 그들의 방문 목적에 대해 다시 물었다.

"자, 그렇다면 내 정체는 이미 파악된 것 같고, 이렇게 갑자기 나의 정체를 확인한 이유가 뭐지?"

"명화방은 천검진이 완성되고 난 이후에 벌어질 일에 대해 걱정하고 있습니다. 당신께서 천검진을 얻었다는 사실을 DMS그룹에서 알게 된다면 결코 가만있지 않을 겁니다."

"DMS?"

이번 납치사건을 주도했다는 DMS는 국사모가 연결되어 있음이 자명한 그룹이다.

태하에겐 지금 그들이 주적과 연결되는 유일한 연결 고리와 같았다.

"DMS그룹이 지금 나의 일을 방해하고 있다. 그들의 본거지를 알려줄 수 있겠나?"

"보, 본거지를요?"

"천검진의 유무를 안다는 것은 그들 역시 무인이라는 뜻, 내가 그들을 박살 낸다고 해서 문제될 것은 없겠지."

"하, 하지만 그렇게 되면 신정사대전이 일어날 겁니다!"

"정사대전이라?"

그들은 태하에게 지금까지 DMS그룹과 명화방이 겪은 일에 대해서 차근차근 설명하기 시작했다.

*　　　　*　　　　*

명화방의 살수 집단 명화자객단의 단주 목완성이 전한 얘기는 사실에 근거한 것이었으며, 지금도 그 전쟁이 끝나지 않았음을 알게 된 태하는 자신이 사부의 복수를 할 수 있다고 굳게 믿었다.

태하는 목완성에게 명화방의 방문이 있을 것이라고 전했다.

"조만간 내가 명화방을 찾아갈 겁니다. 방주께 그리 전하십시오."

"말씀을 낮추시지요."

"아닙니다. 아까는 너무 경황이 없는 나머지 반말이 튀어나왔을 뿐, 적이 아니라는 것을 알았으니 반말을 찍찍 내뱉을 수는 없지요."

목완성은 그에게 부복하는 한편 홀로 DMS그룹을 치는 일은 어불성설이라며 만류했다.

"천검진 님께서 DMS그룹을 홀로 치시는 것은 불가능합니다. 그들이 가진 고수와 후지기수의 숫자가 무려 3천에 달하며, 중국 각지에서 도장을 운영하면서 계속 세를 늘려가는 중입니다. 그 많은 사람을 다 상대한다는 것은 무리입니다."

"무리인지 아닌지는 그들과 맞닥뜨려 봐야 알 것이고."

그는 목완성에게 부탁 한마디를 전했다.

"만약 그렇게 제가 걱정되신다면 대신 제 부탁을 하나만 들어주시지요."

"부탁이요?"

"민지영이라는 여자가 DMS그룹에 의해 납치되었다고 합니다. 그들의 소재를 파악해서 그녀를 구출해 주실 수 있겠습니까?"

"천검진 님께서 저희 명화방을 믿어주신다면 기꺼이 따르겠습니다."

"내가 명화방을 방문할 때 청명검의 유지를 당신들에게도 전파해 드릴 테니 이번 일을 성공적으로 마무리해 주셨으면 합니다."

"예, 알겠습니다!"

목완성이 자신의 부하들에게 고갯짓을 하자 그들은 어딘가로 전화를 걸어 일을 준비하는 것 같았다.

그리고 잠시 후, 태하가 머물고 있는 호텔로 15대의 헬기가 날아왔다.

다다다다다!

태하는 사설 헬기이지만 이것들이 군에서 사용하는 수송용 헬기보다 더 좋은 기종이라는 사실을 한눈에 알아볼 수 있었다.

"이것들은……."

"저희 명화자객단은 기동력을 생명처럼 여깁니다. 때문에 작전이 벌어지는 지역 근방에 적어도 200명 이상의 자객이 상시 대기하고 있지요."

"으음, 그렇군요."

"지금 당장 저희 명화자객단이 그녀를 추격하여 구출해 내겠습니다. 천검진 님께선 뜻을 이루시지요."

"고맙습니다."

명화자객단은 태하에게 헬기의 동승을 권했다.

"괜찮으시다면 이 중 한 대를 분립시켜 천검진 님을 DMS그룹의 본거지까지 모셔다 드리겠습니다."

"아닙니다. 이번 일은 나 혼자 벌인 일입니다. 만약 이 문제로 DMS그룹이 법적인 조치를 취한다면 명화방은 아무런 관련도 없다고 대처하십시오."

"잘 알겠습니다."

이윽고 명화자객단은 호텔을 떠났고, 태하 역시 중국행 비행기를 타기 위해 청주로 향했다.

*   *   *

중국 허페이성의 정무도장에 200명의 제자들이 모여들었다.

그들은 오늘 이곳에서 각 문파의 비기전승을 직접 눈으로 식견하며 그 경지를 몸소 체험하는 시간을 갖게 될 것이다.

허페이성 정무도장에는 팽균혁, 단리진, 모용수 등 각 문파의 장손들이 자리했다.

검의 요람이라 불리는 모용가의 장손 모용수는 백천검법의 상승비기인 백천일격섬을 준비하고 있었다.

철컥!

백천일격섬은 화경 이상의 내공을 지닌 자가 단 일 수에 적을 제압하는 발검술로 그 일 수에 무려 천 가지가 넘는 변수가 숨어 있다.

발검을 하는 자세에서 진기를 모아 일각에 모든 것을 터뜨리는 일격섬은 상승비기이면서도 모용가 최고의 절학이라 할 수 있었다.

그는 자신의 앞에 있는 티타늄 강철 합금 철판을 바라보며 한 차례 숨을 골랐다.

"후우!"

그리곤 이내 티타늄 강철 합금 철판을 일도양단해 버렸다.

"섬!"

파바바밧!

은빛 기류가 마치 은은한 물살처럼 발현된 일격섬은 풍류를 아는 선비처럼 아주 점잖게 뻗어 나갔다.

아주 느릿느릿한 이 검이 도대체 어째서 극쾌를 향한다는 것인지 제자들은 이해를 할 수 없었다.

"일격섬은 발검술인데 이렇게 검이 느려서야……"

"잠깐, 아직 속단은 일러! 저것을 좀 봐!"

제자들은 일격섬이 뻗어 나가기도 전에 이미 티타늄 강철이 12등분이 되었다는 사실을 이제야 알 수 있었다.

후두두둑!

스르르룽!

일격섬의 은빛 검상은 그저 일격이 지나간 자리에 남은 후폭풍일 뿐, 이미 실초는 그 수를 다한 상태였던 것이다.

제자들은 모용수가 검을 거둘 때까지 숨을 쉴 수가 없었다.

그리고 잠시 후, 그가 검을 갈무리하자 참고 있던 숨을 터뜨렸다.

짝짝짝짝!

"역시 모용수 사범님이십니다!"

"과찬일세."

그 뒤를 이어 시범장에 등판한 사람은 극파의 부술을 펼치는 팽가의 장남이다.

철컥!

무식하게 생긴 대태형부를 꺼내 든 그는 무려 80㎏이 넘는 도끼를 한 손으로 잡고 자유자재로 돌렸다.

붕붕붕붕!

"허, 허어! 저렇게 엄청난 근력을 인간이 가질 수 있는 건가?"

팽군혁은 보디빌딩 동아시아 챔피언이라는 타이틀을 가진 사내인데, 그의 움직임은 가히 비호와 같고 도끼는 섬광보다 빨랐다.

그는 자신의 앞에 놓인 두께 10미터의 티타늄 철판을 바라보며 좌수를 살그머니 앞으로 뻗었다.

"후우!"

이제부터 힘의 극한을 달린다는 팽가의 하성대부가 펼쳐질 것이다.

팽군혁은 단 일 수를 뻗어 티타늄 철판을 한 대 타격했다.

까앙!

그러자 그의 손이 두 번째 타격부터 서서히 탄력을 받아 무려 1초에 50번에 달하는 타격을 시전해 냈다.

타다다다다다당!

"…저, 저게 정녕 사람이 할 수 있는 타격이란 말인가!"

"마치 공격과 공격이 하나로 붙어 있는 것 같아!"

하성대부는 단타의 공격을 펼치는 것과 같은 모습을 보이고 있지만, 사실은 일격에 수많은 다단 타격을 펼치는 하북팽가의 절학이다.

만약 이 무지막지한 대태형부가 일 초에 수십 번의 타격을 펼친다면 그것을 막아낼 사람은 아마 이 세상에 존재하지 않을 것이다.

그의 시범이 끝나고 난 후, 단리진이 검을 뽑아 들었다.

스릉!

"이번에는 우리 백화검법이 나설 차례군."

파바바밧!

백화검법은 외공보다는 내공에 치중한 검법이기 때문에 항간에선 도를 닦는 '수도의 검'이라고까지 평했다.

그만큼 고도의 수련이 필요한 백화검법은 익히는 것 자체가 쉽지 않은데다 일정의 경지에 이르려면 천골지체라야만 가능했다.

단리진은 지금 단리가의 후지기수 중 유일하게 검으로 화경의 경지에 오른 사람으로 이제 겨우 서른의 나이로 당문의 고수들과 어깨를 나란히 하는 검의 천재였다.

단리진이 일 보를 내디딜 때마다 주변에선 은은한 꽃향기가 풍겨났다.

그리고 그가 검을 잡았을 때엔 눈에서 백색 안광이 번쩍이기 시작했다.

츠즈즈즈즈즈!

그의 검이 일도를 지날 때마다 검에선 백색 꽃이 넘실거렸고, 그 길은 하늘의 뇌전과 같은 섬광을 뻗어냈다.

차자자자자장!

"오오오!"

"마치 과학 실험의 한 장면을 보는 것 같아! 인간이 어떻게 저런 경지에 이를 수 있는 것이지?"

검기의 형이 결실을 맺는 것은 적어도 현경 이상의 고수에게만 허락된 현상이지만 백화검법은 달랐다.

검법 자체가 이미 형을 뻗어야만 연성이 가능한 상태이기 때문이다.

계속해서 꽃을 따라 추는 단리진의 검무가 펼쳐지고 있는 바로 그때, 정무도장 천장에서부터 큰 진동이 일기 시작했다.

쿠그그그그그그!

"뭐, 뭐지?"

도장의 뚜껑이 금방이라도 열릴 것 같이 거세게 진동하는 찰나, 붉은색 회오리가 천장을 뚫고 들어왔다.

콰아아앙!

"허, 허억! 저, 저건……!"

"천마신공!"

정무도장이 가지고 있는 정파 무공 중에는 붉은색 진기를 뻗어내는 무공은 존재하지 않았다.

그들은 책에서만 보아온 천마신공을 직접 눈으로 보고 감탄을 금치 못했다.

잠시 후, 열린 도장의 뚜껑 사이로 한 사내가 내려왔다.

척!

사뿐히 도장 바닥에 안착한 그는 아무런 말 없이 검을 뽑았다.

스르르르릉!

"나는 청명검의 후계자이자 북해신공의 소궁주이다. 이곳이 바로 DMS그룹의 본거지인가?"

"…누군데 이렇게 개념 없는 대련을 청하는 것인가!"

그는 실소를 흘렸다.

"후후, 대련? 대련 같은 소리 하고 자빠졌네!"

사내는 세 명의 사범에게 검을 휘둘렀고, 그 작은 일수에 엄청난 파괴력이 전해졌다.

슈가가가가가각, 끼이이이이이익!

검과 도끼로 간신히 그 검기를 막아내긴 했지만 결국 대태형부의 날이 다 나가 버려 산산조각이 나기에 이르렀다.

쨍그랑!

"크허억!"

"팽 사범!"

"이, 이런 빌어먹을!"

단 일격에 100㎏이 넘는 티타늄 합금 도끼를 무력화시키다니, 제자들은 도저히 이 상황을 믿을 수가 없었다.

"도, 도대체 저 사람은 누구인데 저렇게 무지막지하게 강한 것이지?"

"명화방에서 그새 저런 고수를 키워낸 것인가!"

사내는 아무런 말 없이 일장을 뻗었다.

후우우웅, 팟!

이번에는 극한의 냉기가 응축된 권풍이 세 사람을 덮쳐왔다.

휘이이이이잉!

권풍은 마치 눈보라를 머금은 폭풍과 같았고, 그 눈보라 하나하나에 진기와 실초가 담겨 있었다.

까가가가가가강!

"내, 냉기……."

"북해신공!"

퍽퍽퍽퍽!

"커흐윽!"

"사, 사범님들!"

아무리 화경의 고수라고 한들 이미 그 경지를 넘은 사람이 뻗은 실초를 50수 이상 받아낼 수 있을 리가 없었다.

더군다나 이 권풍에는 도대체 수를 헤아릴 수조차 없이 많은 실초가 섞여 있었기 때문에 그 어떤 고수가 와도 이것을 제대로 막아낼 수는 없을 것이다.

단숨에 세 명의 화경고수를 굴복시킨 그는 검을 뽑아 정무도장의 명패를 일도양단해 버렸다.

서걱!

"우, 우리 도장의 명패가 깨지다니!"

"이런 허접한 실력을 가지고 사범이라고 떠들고 다니다니 DMS도 별것 아니군."

"누군데 이렇게까지 극악하게 우리를 몰아붙이는 것이냐!"

"너희들의 귀는 전부 다 막힌 모양이군. 방금 전에 말했을 텐데? 나는 청명검의 후계자라고."

"그렇다면 명화방의……."

"명화방은 상관이 없다. 너희들은 나의 심기를 건드렸을 뿐이야. 다시 한 번 내가 하는 행보에 태클을 건다면 너희 가문 중 하나를 모두 피바다로 만들어 버릴 것이다. 명심해라."

"……."

그는 대놓고 자신의 얼굴과 이름을 이들에게 알렸다.

"나는 카미엘 엑트린이다. 다시 한 번 말하지만 내가 가는 길에 더 이상 걸림돌이 된다면 어느 일족이든 한 군데는 멸문지화를 당하게 될 것이다. 명심해라."

"…저, 저런 오만방자한 자를 보았나!"

"오만방자?"

바닥에 납작 엎드려 있던 팽군혁이 카미엘의 오만한 독선에 대해 비판하자 그는 그의 비판을 아주 간단한 방법으로 무마시켜 버렸다.

"주둥이를 함부로 놀리면 어떻게 되는지 알려주마!"

카미엘이 한 차례 장을 휘두르자 그 파장으로 인해 주변의 공기가 폭발을 일으켰다.

파앙!

그 폭발은 팽군혁의 급소를 네 군데나 타격해 버렸고, 그는 10미터는 족히 될 법한 거리를 비행했다.

퍼억!

"크악!"

"팽 사범!"

"세 치 혀 때문에 죽은 사람이 한둘인 줄 아는가? 어지간하면 손속에 여지를 두는 편이지만 너희들은 정말이지 구제불능이구나."

"도, 도대체 우리에게 왜 이러는 것이오?"

"그건 너희 회장에게 물어봐라."

볼일이 끝난 카미엘은 그대로 돌아서 버렸고, 정무도장은 가히 초토화가 된 채로 저녁을 맞이하게 되었다.

*　　　*　　　*

정무도장이 파괴되던 그 시각, 태국으로 가던 블루라군호로 15대의 헬리콥터가 다가오고 있다.

다다다다다!

"선배님, 저놈들은 다 뭡니까?"

"오픈 채널로 무전을 해보게."

"예, 선배님."

블루라군호를 총괄하고 있던 제갈청명은 15대나 되는 신형 헬기의 정체가 유엔군일 것이라고 확신했다.

하지만 그의 확신은 너무나도 어처구니없이 빗나가고 말았다.

"어, 어어……!"

"저놈들이 로프 강하를 시도합니다!"

"뭐, 뭣이? 무전은 해봤나!"

"오픈 채널로 발신했습니다만 답이 없습니다! 유엔군이라면 당연히 답신을 해왔을 겁니다!"

"아무래도 저놈들, 히트맨인 것 같습니다!"

"…제기랄!"

수송용 헬기의 정원은 대략 8명에서 10명 사이, 만약 저 안에 절반만 사람이 타 있어도 큰일이 벌어질 것이다.

하지만 놀랄 일은 거기서 끝나지 않는다.

부아아아아앙!

"선배님, 후방에 공기부양정 두 척이 다가오고 있습니다!"

"고, 공기부양정이?"

공기를 추진력으로 사용하는 공기부양정은 지상이나 해상을 공중에서 약간 뜬 상태로 항해하게 된다.

이 공기부양정은 상륙전에 많이 사용되는데, 주로 해병대나 보병들이 지상으로 강하할 때 사용한다.

그런 공기부양정이 바다 한가운데에서 자신들을 포위하다니, 보통 사람들이 아니라는 것은 확실해진 셈이다.

"어쩔 수 없지! 우리가 저들을 막는다!"

"검진을 펼칠까요?"

"얼마 전에 연습한 칠성검진을 펼친다면 저놈들을 잡아낼 수 있을 거야!"

"예, 선배님!"

칠성검진은 옛 무당파의 선인들이 사용하던 검진을 현 무림맹이 계량하여 후지기수들에게 보급한 것이다.

이것은 DMS그룹을 중심으로 형성된 동맹이 각기 다른 검을 사용하기 때문에 공용무공을 창안하면서 만들어진 것이다.

때문에 어지간한 후지기수들은 이 무공을 다 펼칠 줄 알았다.

칠성검진은 일곱 개의 진에 두 사람씩 배치하고 한 명씩 돌아가면서 적을 타격하는 방식이다.

무공을 절반으로 아낄 수 있다는 장점과 함께 일곱 개의 진영이 횡, 종을 넘나들며 진을 자유롭게 변경할 수 있다는 장점이 있다.

때문에 포위할 때나 포위를 당했을 때 이 칠성검진은 아주 요긴하게 사용된다.

스르릉!

"칠성검진을 펼친다! 이 처자를 보호하라!"

"예, 선배님!"

척!

일곱 개의 진에 두 사람씩 들어가 마치 검진의 그래프처럼 그물 모양의 진이 완성되었다.

이제 이것을 바탕으로 적들의 공격을 차근차근 막아낸다면 승산이 있을 것이라고 확신하는 제갈청명이다.

그러나 그의 예상은 너무나도 어처구니없이 빗나가고 말았다.

피융!

퍼억!

"쿨럭!"

"충!"

"저격수가 있는 것 같습니다!"

"탄환은 우리의 호신강기를 뚫지 못한다! 탄지공을 사용하는 것이 분명해!"

탄지공을 사용하는 고수라면 상대하기가 여간 까다로운 것이 아닐 터였다. 하지만 그들이 사용하는 것은 탄지공이 아닌 것 같았다.

제갈청명은 부상을 입은 후지기수의 상처 부위를 관찰해 보았다.

"초, 총상!"

"총상이요? 뭔가 잘못된 것 아닙니까? 어째서 화경의 고수에게 총상이!"

"젠장! 뭐가 어떻게 돌아가는 거야?"

잠시 후, 공중에서 한 사내가 뚝 떨어져 내렸다.

파밧!

"…웬 놈이냐!"

"네놈들이 빼앗아간 VIP를 되돌려 받으러 왔다. 지금 항복한다면 목숨만은 살려주마."

"흥! 어림도 없는 소리!"

"죽고 싶다면 소원대로 해줘야지."

사내는 품속에서 두 자루의 권총을 꺼내 들었다.

철컥!

"리볼버?"

장탄량이 8발인 리볼버 두 자루를 꺼내 든 그는 제갈청명에게 두 발을 발사했다.

탕탕!

"무식한 놈, 오늘이 네 제삿날이다!"

검으로 총알을 튕겨내려던 그는 화들짝 놀라며 뒤로 물러설 수밖에 없었다.

까앙!

"허, 허억!"

"탄환은 무공을 싣는 데 아주 좋은 무기가 된다. 탄지공이라는 무학에 대해 아는가?"

"서, 설마⋯⋯!"

탄지공은 구슬을 손가락으로 튕겨 상대를 공격하는 기술로, 고대에는 살수들이 이러한 무술을 사용했다.

물론 당문에서도 탄지공을 가르치긴 하지만 암기보다 사용 빈도가 낮아서 지금은 그 명맥만 유지되는 중이다.

하지만 탄지공을 제대로 익힌 자는 오히려 저격총을 들고 다니는 사람보다 훨씬 더 강력한 무위를 지니게 된다.

탄지공은 단발, 혹은 연발의 공격을 펼치는 데 들어가는 진기의 양이 적기 때문에 충분한 폭발을 일으킬 수 있는 요건이 된다.

게다가 작은 알갱이 하나에 모든 공력을 집중시켜 쏘게 되면 그 위력은 상상을 초월한다.

탄지공은 기본적으로 손가락으로 탄환을 튕겨내는 무학이다. 만약 그것을 도와주는 무기에 화약까지 가미된다면 과연 어떻게 될까?

"…총으로 탄지공을 사용하는 사람이 있을 줄이야!"

"세상에는 여러 부류의 사람이 있다. 권총으로 탄지공을 쓰지 말라는 법은 어디에도 없지."

이윽고 그는 다시 권총을 발사했다.

탕탕!

제갈청명은 재빨리 보법을 밟아 권총의 탄환을 피해냈다.

'어찌 되었건 간에 총알만 피해내면 끝이다!'

탄환 두 발을 피해낸 그는 횡으로 검을 그어갔다.

스릉!

사내는 아주 가벼운 몸놀림으로 몸을 뒤로 물리더니 이내 연속으로 탄환을 쏘아냈다.

탕탕탕탕탕!

리볼버의 장탄량은 여덟 발, 이제 남은 총알이 없을 것이다.

"후후, 이로써 네놈도 끝이다!"

"…뭘 모르는 놈이군."

제갈청명은 리볼버의 탄환이 다 떨어졌다고 생각하여 호기 있게 달려들었지만, 그것은 또 다른 빈틈을 만들어내는 계기밖에 되지 않았다.

찰칵, 촤르르르르륵, 탁!

권총의 약실을 열고 탄알집에 탄약을 채우는 데 걸린 시간은 불과 0.5초, 거의 눈에 보이지도 않을 정도의 시간이다.

타앙!

결국 공격과 동시에 총을 맞은 제갈청명은 그 자리에 무릎을 꿇고 말았다.

"크윽!"

"선배님!"

"…비겁한 놈들, 검을 사용하는 사람에게 총을 쓰다니!"

"힘이 없는 자를 납치하는 것은 비겁하지 않단 말인가?"

이윽고 사내의 주변으로 소총과 저격총을 든 50명의 사내가 떼로 쏟아져 내려왔다.

파바바바밧!

"서, 설마……."

"지금 항복하면 목숨만은 살려주겠다."

"…흥! 개소리 집어치워라! 네놈들, 절대 살려두지 않을 것이다!"

챙!

검진을 펼치던 후지기수들이 출수를 앞두고 있다고 판단되었는지 사내들은 각자 총기를 다 끄집어냈다.

"소총은 권총보다 위력이 덜하긴 하지만 사람을 죽이는 데는 전혀 문제가 없을 것이다. 잘 가라."

철컥!

두두두두두두두!

자동소총이 불을 뿜자, 15명의 화경 고수들이 줄줄이 목숨을 잃어갔다.

퍽퍽퍽퍽!

"쿨럭쿨럭!"

"…이런 개자식들! 죽어서도 이 치욕은 잊지 않겠다!"

"수련을 게을리 한 네놈들의 잘못이다. 적어도 화경의 경지를 넘어섰다면 진기의 길 정도는 터득했어야지. 탄환을 막을 수 없다면 피하는 것도 하나의 방법이다. 진기의 유동을 파악했다면 총에 맞아 죽는 일은 없었겠지."

"……."

결국 떼죽음을 당한 그들을 뒤로한 채 복면을 쓴 사내들이 민지영을 향해 다가갔다.

"이봐요, 괜찮습니까?"

"다, 당신들은 누구예요? 누군데 사람을 막 죽여요!"

"할 일을 한 것뿐입니다. 이들이 죽지 않았다면 당신은 이미 이 세상에 없을 수도 있어요."

"…그렇다고 당신들이 착한 사람이라는 사실을 내가 어떻게 믿어요?"

"카미엘 엑트린 님을 아십니까?"

"카, 카미엘……."

"그분께서 보내셨습니다. 물론 사람을 사살하라는 말은 없었습니다만, 직접 눈으로 보았으니 알 겁니다. 저놈들을 죽이지 않았다면 우리가 죽었을 겁니다."

"……."

"갑시다. 일이야 어찌 되었건 간에 고향으로 돌아가야 할 것 아닙니까?"

"…그래요."

피투성이가 된 배에서 나온 민지영은 헬기를 타고 한반도로 향했다.

3. 파장이 일다

　무림맹의 정무도장이 격파된 후, DMS그룹은 발등에 불이 떨어진 듯이 재빨리 움직여 사태를 수습했다.

　또한 그들의 주도 하에 벌어진 민지영 납치사건은 15명의 후지기수가 몰살되는 대참사를 낳았기 때문에 독고성문의 입지는 조금 더 좁아질 예정이다.

　독고성문은 15구의 시신이 되어 돌아온 후지기수들의 장례식을 치르며 통탄을 금치 못했다.

　똑똑똑똑!

　목탁을 두드리는 소리가 울려 퍼지는 장례식장을 찾은 DMS그룹 관계자들이 독고성문에게 정중히 절을 했다.

"상심이 크시겠군요."

"…다 제 불찰입니다."

"그렇게 자책하실 필요까진 없습니다. 도대체 어떤 미친놈이 우리 DMS그룹을 건드릴 것이라고 감히 상상이나 했겠습니까?"

"……."

"그래, 후속 처치는 어떻게 하실 생각입니까?"

"일단 명화방과 접촉하여 책임 추궁을 할 생각입니다."

"책임 추궁이라……."

"이 세상에 그런 무지막지한 일을 벌일 놈들이 어디 그리 흔하겠습니까?"

"하지만 책임 추궁을 한다고 달라질 것이 있겠습니까? 얼마 전에 우리가 명화그룹의 사장단 일원을 죽인 것을 저들도 알고 있을 텐데요."

"…일이 복잡하겠지만 일단 복수는 하고 봐야지요."

"결국 복수를 단행하실 생각이군요?"

"아직 서른도 채 안 된 이들이 열 명이나 됩니다. 그런 꽃다운 나이에 요절한 아이들을 생각하면 가만히 있을 수가 없습니다."

독고성문이 명화방을 친다면 그 휘하의 사장단 역시 사생결단의 각오로 싸움에 임해야 할 것이다.

그는 사장단에게 명화방을 찾아가 도전장을 내밀겠다고 선언했다.

"장례가 끝나면 명화방을 찾아갈 겁니다. 준비하시죠."

"예, 알겠습니다."

하지만 잠시 후, 그들은 꿈에도 상상치 못한 사람들을 조문객으로 받게 되었다.

거대한 국화 다발을 들고 들어서는 사람들, 그들의 가슴에는 명화방을 상징하는 불꽃 배지가 달려 있었다.

"…장례식장에 기름 부으러 오셨소?"

"이런, 우리가 못 올 자리를 온 모양이군. 조문객을 이대로 돌려보낸다면 그것도 예의는 아니지 않소?"

"그런데 이 사람들이 정말!"

명화그룹 레이크 블레이스 상무이사가 어깨를 으쓱거리며 독고성문에게 다가섰다.

"독고 회장님, 상심이 크시겠습니다."

"…용건이 뭐요?"

"장례식장에 용건이 있어서 찾아옵니까? 아무리 제가 몰상식해도 그 정도로 상스러운 짓은 안 합니다."

"……"

"아무튼 이 화환에는 아무것도 들어 있지 않으니 안심하고 받으셔도 됩니다."

독고성문은 그들의 방문이 무엇을 의미하는지 잘 알고 있었다.

　그들은 아마도 이번 사건과 자신들은 무관하다는 것을 알리기 위해 일부러 사절단을 보낸 것일 터였다.

　'그렇다면 이번 기회로 압박할 수는 없게 되어버렸군.'

　아무리 대놓고 살육전을 벌일 수 없는 현재의 상황이라고 해도 전면전이 일어나면 살아남는 사람이 별로 없을 것이다.

　그것은 곧바로 그룹과 방의 존속에 영향을 미치기 때문에 두 세력은 아주 조심스럽게 서로를 탐색하고 약점을 찾아다니고 있는 것이다.

　이번 사건을 통하여 그들의 약점을 잡으려 하던 독고성문은 이들이 선수를 칠 생각은 전혀 하지 못하고 있었다.

　"…조문 고맙소."

　"별말씀을."

　이윽고 명화방은 그대로 돌아섰고, 그룹의 사장단은 의아하다는 듯이 고개를 갸웃거렸다.

　"저놈들을 그냥 보내줍니까? 온 김에 시체 몇 구 더 치우는 것이 무슨 대수라고?"

　"장례식장에서 피를 볼 수는 없는 일 아닙니까?"

　"그렇긴 하지만……."

　"장례씩이 끝나면 제가 알아서 처리하겠습니다. 그러니 사장단께선 조금 더 기다려주시지요."

"알겠습니다."

후지기수를 잃은 집단들의 비통함이야 이루 말할 것도 없을 테지만 사장단의 자존심 역시 적잖게 상처를 받았을 것이다.

그는 이번 일을 잘 마무리하지 않으면 전면전이 벌어질 것이라고 생각했다.

'아직은 때가 아니지.'

바로 며칠 전, 정무도장이 단 한 명에게 박살이 난 것을 생각하면 이번 싸움은 DMS그룹에게 절대적으로 불리하게 돌아간다고 볼 수 있었다.

물론 아직까지 천검진이 저들의 소속이 아니라는 사실이 그나마 위안을 주고 있을 뿐이다.

그는 계속해서 다음 조문객을 맞이할 준비를 했다.

*　　　　*　　　　*

미국 브룩클린에 위치한 명화방 중앙본파.

뚜벅뚜벅.

중앙본파 건물의 복도로 한 사내가 검을 찬 채 걸어오고 있다.

스릉, 스릉!

그가 걸을 때마다 복도에는 한기가 서렸고, 그 발걸음에선 불꽃이 튀어 오르고 있었다.

절대적 한기와 극한의 열기, 이 두 가지가 섞여 묘한 앙상블을 이루는 모습은 가히 절경이라고 할 수 있었다.

그 두 가지 기운을 다스릴 수 있는 유일한 사람, 태하가 이 복도를 지나 명화방주가 있는 별관으로 가는 중이다.

그는 이곳에 오면서부터는 자신의 정체를 굳이 숨기기 위해 노력하지도 않았고, 오히려 스스로의 힘을 개방시켜 놓고 있었다.

만약 이대로 일반인의 곁을 지나간다면 그는 심장이 오그라들어 피가 역류해 버릴 수도 있다.

북해신공과 천마신공이 서로 섞이면서 진기의 기화현상이 발생하고 있었는데, 이 진기의 기화는 다시 태하의 몸속으로 반원을 그리며 흡수된다.

이 반원의 세력권에 일반인이 서 있으면 그 진기의 영향력을 이기지 못하고 혈압이 상승하여 피를 토하게 되는 것이다.

해서 태하는 항상 검과 진기를 숨기고 다닐 수밖에 없었다.

잠시 후, 그의 앞으로 한 사내가 다가와 인사를 건넸다.

"이런, 엄청난 기운이군요."

"별것 아닙니다. 그나저나 방주님께선 안에 계신지요?"

"들어가시지요."

문을 열고 별채 안으로 들어간 태하는 카퍼데일 회장을 만날 수 있었다.

그는 정중하게 포권을 취했다.

"오랜만입니다, 회장님."

"허허, 오셨군요. 기다리고 있었습니다."

"진즉 찾아뵙고 인사를 드렸어야 하는데 죄송하게 되었습니다."

"별말씀을요."

카퍼데일 회장은 태하의 강렬한 진기를 느끼며 흡족하게 웃었다.

"역시 천검진의 주인은 뭐가 달라도 다르군요. 현경의 경지 그 이상인 것 같습니다."

"아직 걸음마 수준의 무공을 익히고 있을 뿐이지요."

이제 태하는 평소처럼 기운을 전부 다 숨긴 채 그를 대면하기로 했다.

카퍼데일은 태하가 개방시킨 진기가 다시 사그라지는 것을 보며 고개를 숙여 인사했다.

"우리를 위해 정체를 밝혀주신 점, 감사하게 생각합니다."

"하나의 사문에서 나온 무공을 익힌 사람들끼리 숨기는 것이 있어선 안 된다고 생각했을 뿐입니다."

"그렇군요. 아무튼 당신의 등장으로 인해 우리는 더 이상 남몰래 후지기수를 잃는 불상사를 겪지 않게 될 겁니다."

그는 태하의 등에 있는 검을 가리키며 물었다.

"그것은……?"

"아마 회장님께서도 한 번쯤은 들어보셨을 것이라고 생각됩니다. 북해빙궁의 신물이지요."

카퍼데일 회장은 태하가 가지고 있는 검에 대해 어렵지 않게 추론해 냈다.

"…한빙검!"

"예, 그렇습니다. 저의 사문 북해빙궁의 소궁주께서 죽기 전에 저에게 물려주신 것이지요."

그는 태하의 말에 고개를 갸웃거렸다.

"북해빙궁은 900년 전에 멸문당한 것으로 알고 있습니다만?"

"궁주를 비롯한 여러 가신들이 죽고 소궁주께선 한빙검의 힘으로 살아남아 있었습니다. 물론 그 남편이자 제 스승이신 청명검 천하랑 님도 최근까지 살아 계셨고요."

"……"

믿을 수 없다는 표정의 카퍼데일에게 태하가 말했다.

"물론 제 말을 믿기 힘드시겠지요. 하지만 모든 것이 사실입니다. 만약 제가 청하랑 님께 직접 무공을 배우지 않았다면 어떻게 건곤대나이를 익힐 수 있었겠습니까?"

"흐음."

태하는 그에게 자초지종을 모두 다 설명하기로 했다.

＊　　　　＊　　　　＊

얘기를 끝마친 카퍼데일은 자신이 어째서 레나강 중류에서 진기의 폭발을 느낀 것인지 이해할 수 있었다.

"그랬군요. 그래서……."

"두 사부님께선 서로 행복하게 최후를 맞이하셨습니다. 만약 제 욕심이 여기서 더 컸다면 그분들을 모시고 현세를 살아갈 수도 있었겠습니다만, 천 사부님께선 그렇게 하시지 않았습니다."

"질서를 어지럽히지 않는 것, 그것이 명교의 기본 이념이지요."

"예, 그렇습니다."

태하는 천태가 가지고 있던 화열검이 이 세상 어딘가에 잠들어 있음을 시사했다.

"한빙검과 더불어 지상 최강의 신물이던 화열검이 지구 어딘가에 잠들어 있을 겁니다. 생각 같아선 그 검을 영원히 잠들어 있게 하고 싶지만, 잘못해서 엉뚱한 사람에게 돌아가면 큰일이 날 테니 우리가 먼저 회수해야 할 겁니다."

"그래요, 그건 확실히 맞는 얘기입니다."

태하는 카퍼데일을 자신의 본거지인 북해빙궁으로 초대하기로 했다.

"괜찮으시다면 제 사문으로 초대하고 싶은데, 언제 시간이 나실 때 말씀해 주시지요."

"부, 북해빙궁으로 저를 초대하겠다는 말입니까?"

"예, 그렇습니다. 천 씨 일가와 관계가 있는 사람이라면 언제든지 환영합니다. 아마 사부님께서도 회장님의 방문을 아주 기뻐하실 겁니다."

카퍼데일은 감격에 겨운 표정을 지었다.

"제가 죽기 전에 북해빙궁에 가볼 수 있다니, 이것은 천운을 떠나 가문의 영광입니다."

"저 역시 북해빙궁을 사부님의 인연에게 보여드릴 수 있어서 기쁩니다."

카퍼데일은 천태의 피에서 갈라진 사람으로 천태의 손자 천무혁의 외손자 가문의 핏줄을 타고났다.

그 밖에 여러 가문이 천태의 피를 타고났지만 천무혁이 남긴 아들이 없어서 적통 자손은 대가 끊긴 지 오래였다.

그나마 카퍼데일이 가장 가까운 혈족이라 할 수 있겠으나, 태하에겐 천만다행이라 할 만했다.

"아무튼 명화방이 우리 명교의 무공을 이어받았다는 사실을 알았으니 명화방에 최대한 협조하겠습니다."

"우리 명화방에 소속되어 주시는 겁니까?"

"글쎄요, 그렇게 하기엔 제가 아직 북해빙궁을 지키고 있어서요. 그와 동시에 천검진을 얻었으니 관계가 참으로 애매해지는군요."

가만히 태하를 바라보던 카퍼데일이 한 가지 제안을 했다.

"그렇다면 저의 사제가 되면 되겠군요."

"사, 사제요?"

"천검진과 저는 한 사문의 무공을 익혔습니다. 갈래가 같지만 제가 가르침을 드린 적이 없으니 사제지간이나 사질 간은 될 수 없습니다. 그렇다면 천검진과 저는 사형제 지간이 되는 것이지요."

"하지만……."

"나이 차이가 좀 많이 나긴 합니다만, 뭐 어떻습니까? 일흔의 나이에 동생을 본 사람도 있는데 말이죠."

태하 역시 같은 사문의 무공을 익힌 명화방을 이대로 지나칠 수는 없다고 생각했다.

또한 카퍼데일의 말이 전적으로 맞았기 때문에 그는 뭐라 반박할 수가 없었다.

"좋습니다. 그럼 사형 대신에 대사형으로 모시겠습니다."

"대사형이라……. 그게 편하다면 그리하시지요."

태하는 그에게 포권을 취하였다.

척!

"대사형을 뵙습니다!"

"그래요. 앞으로 나도 말을 편하게 하겠습니다, 천검진."

"태하라고 불러주십시오."

이윽고 태하가 자신의 얼굴을 본래의 모습으로 되돌렸다.

뚜두두둑!

"허, 허어! 대한그룹의 자제가 아닌가!"

"예, 그렇습니다. 저는 대한그룹의 장남 김태하입니다."

"그 억울한 청년이 천검진이었다니, 놀라운 일이군."

"여러 가지 사정이 있었습니다. 대사형께서 정체를 숨기라면 숨기겠습니다."

그는 고개를 가로저었다.

"아니, 그럴 것 없네. 자네는 앞으로 내 사제이니 그 신변 역시 떳떳하게 되찾을 수 있도록 최선을 다해서 도울 것이네."

"감사합니다."

새롭게 사제를 얻은 카퍼데일은 자리에서 일어나 태하를 이끌었다.

"아무튼 이런 기쁜 날에 술이 빠질 수가 없지. 우리 명화방 사람들과 술을 한잔 나누어 마시고 진짜 사제지간을 맺어보세나."

"예, 대사형."

태하는 카퍼데일을 따라 정원으로 향했다.

                    *   *   *

명화방의 본거지인 명화장원은 지하 5층까지 다 합쳐 총 300만 평의 부지로 이뤄진 거대 비밀 기지이다.

명화장원의 지상에는 100만 평의 고저택과 정원이 자리 잡고 있으며, 지하에는 벙커 겸 밀실로 사용할 수 있는 각종 방이 따로 비치되어 있었다.

태하는 명화장원의 정원 중앙에 있는 명화각에서 사문의 형제들과 함께 술자리를 갖기로 했다.

"자자, 사제, 한 잔 받게나!"

"예, 사형."

"하하, 우리 사문에 이런 걸출한 인재가 등장했다니 하늘이 도왔어!"

"그러게 말입니다."

사람들은 태하에게 천검진이라는 별호를 내리고 그것을 대내적으로 전파시켰다.

이제 앞으로 이곳에 있는 사람들은 김태하라는 이름 대신 천검진이라는 이름으로 그를 부르게 될 것이다.

또한 원래는 이곳에 있는 사람들과 세세히 촌수를 따져야 했지만 그냥 나이로 항렬을 따지기로 했다.

이곳에 모인 사람들의 나이가 평균 환갑이 넘었으니 태하는 자연스럽게 막내가 되어버렸다.

그렇지만 그들의 제자보다는 무공도 높은데다 대사형의 사제인 점을 감안하여 후지기수들의 사숙이 되었다.

명화그룹의 재무이사이자 명화금융그룹의 회장인 사마현은 현 사마 가문의 당주를 지내고 있다.

그가 태하에게 술잔을 돌리며 말했다.

"이 나이에 사제를 받은 것이 재미있으면서도 신기하군. 그나저나 앞으로 어떻게 저놈들을 쳐 나갈 생각인가?"

잔을 받은 태하에게 모든 사람의 시선이 쏠렸다.

그는 술잔을 넘긴 후 아주 명쾌하게 답변했다.

"쓸어 버려야지요. 저들은 제 사부님의 원수입니다. 쓸어 버리지 못한다면 사부님께서 원통하여 잠들지 못하실 겁니다."

"하지만 저들에겐 잘못이 없는 아이들도 있네만?"

"필요하다면 죽이기도 하겠습니다만, 저는 저들의 무공을 절단 내버릴 겁니다. 앞으론 저들의 무공이 사람을 죽이는 일이 없도록 해야지요."

"올바른 생각을 가지고 있군. 좋아, 자네가 가는 길을 이 사형이 든든히 돌봐주겠네."

"감사합니다, 사마 사형."

태하는 빈 술잔을 모두 채운 후 잔을 들었다.

"괜찮다면 여러 사형들에게 결례를 무릅쓰고 제가 한마디 하겠습니다."

"그래, 해보게나."

"저는 개인적인 원한과 사부님의 원한까지 전부 짊어졌습니다. 그래서 가야 할 길이 험난하지요. 하지만 한 가지는 약속하겠습니다. 절대로 사부님의 유지에 어긋나는 일은 하지 않을 겁니다."

"하하, 호탕하군! 천검진의 앞날에 건승이 있기를!"

"건배!"

이제 태하는 사문을 얻었고, 그들이 보태준 힘으로 더욱더 힘차게 전진해 나갈 것이다.

*　　　*　　　*

납치사건이 있은 지 나흘 후, 태하는 민지영을 찾아갔다.

아직까지 집에 콕 처박혀 두문불출하고 있는 그녀에게 이제 그만 결판을 지어달라고 재촉하기 위해서였다.

똑똑똑.

동생 민지우의 안내를 받아 찾아간 그녀의 방문에는 '접근금지'라는 푯말이 붙어 있었다.

아무래도 그때의 충격에서 아직 벗어나지 못한 것 같았다.

"민지영 씨, 카미엘 엑트린입니다."

"…그냥 가세요."

"얘기 좀 합시다."

"혼자 있고 싶어요. 내일 다시 와요."

"벌써 나흘이 지났습니다. 언제까지 그렇게 방 안에만 있을 겁니까? 이제 슬슬 회사로 나가봐야지요."

잠시 후, 그녀가 방문을 열고 나왔다.

"……"

"자, 이래도 회사에 나가겠어요?"

"…며칠 더 쉬어야 할 것 같긴 하군요."

지금 그녀의 몰골은 초췌하다 못해 거의 뼈밖에 남지 않은 상황이었고, 스트레스로 인해 두 눈이 새빨갛게 충혈된 상태였다.

"이대로 회사에 나갔다간 신종 바이러스에라도 걸린 줄 알 거예요. 최근에 에볼라가 돌았으니 그것을 가장 먼저 의심하겠죠."

"이런 사정이 있는 줄은 몰랐군요. 제가 잘 아는 한의사가 있으니 그 사람에게 부탁해 보면 어떨까요?"

"한의사요?"

"아주 의학적 지식이 깊습니다. 최근에는 세상의 모든 의술을 전부 다 연구하고 있지요."

"…그래요?"

"괜찮다면 오늘 당장 진료를 봐달라고 하겠습니다."

"조금만, 조금만 있다가요."

"그래요. 알겠습니다."

아직까지 정신을 못 차리는 것 같은 그녀에게 태하가 술자리를 권했다.

"그럴 땐 술 한잔 마시고 싹 털어버리는 것이 좋습니다."

"…이 꼴로 무슨 술을 마셔요?"

"방에서 마시는 술도 꽤 괜찮습니다."

"방에서요?"

"홈 파티, 홈 파티 몰라요?"

"와, 홈 파티! 언니, 나는 좋아!"

"흐음……."

"술과 별로 안 친하다면 요즘 소다 형태의 와인도 파니까 걱정할 필요 없고요."

그녀는 잠시 생각하더니 이내 그의 제안을 받아들이기로 했다.

"좋아요. 한잔해요. 안 그래도 잠을 못 자서 죽을 것 같거든요."

"사람들은 얼마나 부를까요?"

"사람을 왜 불러요? 어차피 친구도 없고, 우리 셋이서 마셔요."

"좋습니다. 그럼 셋이서 한잔합시다."

태하는 민지우에게 선글라스의 유무에 대해 물었다.

"눈을 좀 가릴 수 있는 안경이 있을까요?"

"얼마 전에 언니가 프랑스에서 사온 안경이 있어요."

"좋습니다. 그것을 쓰고 대형 마트로 갑시다. 홈 파티에 쓸 안주와 술을 사려면 꼭 함께 가야 해요."

"와아, 좋아요!"

"…나도 꼭 가야 해요?"

"물론이지요."

"언니, 가자! 우리 마트에 가는 것은 처음이잖아!"

뛸 듯이 기뻐하는 동생을 바라보는 민지영의 동공에 지진이 나기 시작했다.

"으음……."

"가자! 응?"

"…어휴, 내가 못살아."

"와아, 가자! 레츠 고!"

"내 차를 타고 갑시다."

"좋아요!"

세 사람은 태하의 차를 타고 인근 대형 마트로 향했다.

　　　　　　*　　　　　　*　　　　　　*

　대형 마트에 도착한 지우는 카트를 빼내더니 그 안에 쏙 들어가 앉았다.

　"하하, 이거 어때? 우리 TV 보면서 항상 해보고 싶던 거잖아!"

　"그렇게 소원이면 그러고 다녀요. 뭐라고 할 사람 아무도 없어요."

　"아싸, 이거 타고 다녀야지! 아저씨, 밀어줘요!"

　"아저씨라고 해서 안 밀어줄 겁니다."

　"알겠어요, 오빠!"

　"그래요, 그렇게 해야지."

　태하는 해방감에 거의 넋이 나가 버린 그녀를 태우고 대형 마트 지하 식품 코너로 향했다.

　"오늘의 메뉴는 뭔가요?"

　"해산물로 요리하는 것이 어떨까요?"

　"해산물!"

　그는 오늘 동해 바다를 통해 들어왔다는 통참치 뱃살과 로브스터, 가리비, 대하를 차례대로 카트에 담았다.

　자매는 손에 잡히는 대로 담는 태하를 바라보며 물었다.

　"이, 이렇게 막 담아도 돼요?"

　"일단 먹어보면 압니다. 제대로 요리하면 맛있어요."

태하는 그녀들에게 고기의 취향에 대해 물었다.

"해산물은 샀고, 구워 먹을 고기를 좀 사죠. 어떤 고기가 좋아요?"

"난 닭고기!"

"…닭고기를 어떻게 구워 먹어?"

그는 지우의 주문대로 아주 큰 닭을 한 마리 골랐다.

"이, 이렇게 큰 닭을 어떻게 구워 먹어요?"

"다 방법이 있습니다."

푸짐하게 먹을거리를 산 태하는 이제 부재료와 술을 사러 자리를 옮겼다.

요리에 필요한 조미료와 치즈 종류, 맛술 등을 구매한 태하는 바로 옆에 있는 와인코너로 향했다.

"숙성된 와인은 조금 떫은맛을 냅니다. 달달한 와인도 있고요."

"난 단 술!"

"저는 떨떠름한 것이 좋아요."

"으음, 그럼 두 가지 모두 삽시다. 마실 만큼 담아요."

두 자매는 자신들이 마실 와인을 한 병씩 담았고, 태하는 조리용 화이트와인과 자신이 마실 브랜디를 한 병 골랐다.

"이 정도면 든든하겠죠?"

"와아, 파티다!"

"자, 그럼 갑시다!"

세 사람이 계산대로 향하는 동안에도 지우는 신이 나는지 자꾸 웃음을 연발하고 있다.

"헤헤, 좋아! 근데요, 아저씨."

"…아저씨 아니라니까."

"아무튼 아저씨, 우리 그냥 이대로 놀러 가면 안 될까요?"

"놀러 가자고요?"

"아무 데나 좋으니까 놀러 가고 싶어요!"

민지영이 고개를 가로저었다.

"아무리 이분이 우리에게 잘해 주신다고 해도 여행을 떠나는 것은 좀 그렇지."

"에이, 그래도……."

태하는 가만히 두 자매를 바라보더니 이내 좋은 방법을 떠올렸다.

"좋아요, 그럼 멀리는 못 가고 인근에서 캠핑을 합시다."

"인근에서 캠핑을 해요?"

"일단 따라와 봐요."

그는 한 보따리 짐을 싸서 대형 마트를 나섰다.

*　　*　　*

중국 길림성의 한 전통가옥 안, 북한 정찰총국 휘하 특작부대원들이 대거 들어선다.

정찰총국 소속 특수공작단 '청룡단'의 단장 이명주 대좌는 전통가옥으로 모여든 20명의 특작부대원들에게 이석열의 작전상황에 대해 물었다.

"임태후 상장 사망에 대한 조사는 어떻게 되어가고 있나?"

"지금 수사팀이 서울로 잠입하여 관련자들을 감시하고 있는 중입니다."

"관련자들이라……."

청룡단장 이명주 대좌는 이 수사가 아주 무의미하다고 생각하는 사람이었다.

"얼굴도 모르는 한 애송이 때문에 이게 무슨 고생인지 모르겠군."

"하지만 당에서 내린 명령이니 따르지 않을 수도 없지 않습니까?"

"…빌어먹을, 그러게 말이야."

"그런데 단장님, 당에선 어째서 이 작전을 인가하고 지원까지 내려주는 것일까요?"

"기밀 사항이다. 너희들이 알 수 있는 정보는 아무것도 없어."

"예, 알겠습니다."

청룡단원은 이제 다시 각자의 자리로 돌아가기 위한 행낭을

꾸릴 것이다.

그전에 그들은 북한에 있는 가족들의 생사에 대해 물었다.

"단장님, 가족들의 안위는 언제쯤 알 수 있습니까?"

"보채지 마라. 지금 내부 조직에서 상황을 파악하고 있다. 워낙 신출귀몰하게 이사를 다녀야 하는 너희들의 가족 아닌가?"

"…그렇지요."

청룡단원은 북한에 가족을 두고 평생 동안 해외에서 공작원 생활을 해야 하기 때문에 고향의 사투리마저 흐려진 상태였다.

그나마 마음먹고 억양을 바꾸지 않는다면 북한 사람이라고 전혀 생각되지 않을 정도였다.

이명주는 그들에게 태블릿PC를 한 대씩 건넸다.

"정찰총국의 보안프로그램이 깔린 태블릿이다. 가지고 가라. 앞으론 그것으로 명령을 내리고 가족들의 생사를 확인할 수 있을 것이다."

"감사합니다!"

이 태블릿PC는 이들의 편의를 위해서 나누어 주는 것이 아니라 둥지를 떠난 비둘기를 효과적으로 감시하기 위한 수단이다.

만약 이 태블릿이 사라지거나 연락이 두절되는 순간, 즉시 정찰총국에서 그들을 잡기 위해 공작원을 파견할 것이 분명했다.

이명주는 서울 강남 지역에 파견된 공작원 신서영에게 작전

상황에 대해 물었다.

"신서영."

"예, 단장님."

"작전은 어떻게 돌아가고 있나? 자네가 가장 중요한 위치에 있다는 것을 모르지는 않겠지?"

"물론입니다. 당에 충성을 다하려 최선을 다하고 있습니다."

"그렇다면 작전에 대한 진척이 있겠군?"

"예, 그렇습니다."

그는 노란색 봉투를 이명주에게 건넸다.

"남측 국사모에서 원하던 자료입니다."

"으음, 아주 효과적으로 일을 처리할 수 있게 되었군."

"하지만 이것도 잠시뿐입니다. 조만간 다른 사건을 하나 더 터뜨려야 하지 않겠나 싶습니다."

"그래, 그 부분에 대해선 안 그래도 논의가 한창 진행 중이다. 조만간 다시 명령이 내려갈 것이다."

"예, 알겠습니다."

이명주는 봉투를 챙겨 가옥을 떠났고, 나머지 공작원들도 자신이 온 곳으로 다시 되돌아갔다.

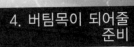

4. 버팀목이 되어줄
준비

서울 중심가에서 캠핑을 즐길 수 있는 곳은 거의 없지만, 그 분위기를 만끽할 수 있는 곳은 있다.

태하는 건물 내부에 텐트를 치고 바비큐 파티를 벌일 수 있는 글램핑장을 찾았다.

글램핑은 호텔이나 리조트에 구비되어 있는 시설을 모두 이용하면서 캠핑의 느낌을 즐길 수 있어서 인기가 높은 편이다.

그는 오늘 사온 해물을 찜 솥에 넣고 내용물이 푹 익을 때까지 기다렸다.

치이이이익!

해산물이 익는 동안에는 불판에 고기와 조개, 새우를 올려서 한 바탕 바비큐 파티를 벌였다.

슥슥슥!

나한천수의 신묘한 손놀림으로 닭 뼈를 발골한 태하는 그것을 다시 절구로 두드려서 육질을 부드럽게 만들었다.

거기에 오늘 산 통후추와 바질, 갈릭오일, 로즈마리, 양파를 올려서 구우면 아주 환상적인 닭구이가 된다.

태하는 닭을 먹기 좋게 잘라서 두 자매에게 건넸다.

"한번 먹어봐요. 오랜만에 구워서 잘 익었을지 모르겠군요."

"잘 먹겠습니다!"

"고맙습니다. 잘 먹을게요."

와인을 한 잔씩 앞에 둔 그녀들이 닭을 한입 맛보더니 눈을 동그랗게 떴다.

"우와! 일류 요리사가 한 맛이 나요!"

"정말 맛있네요. 어디서 요리를 배웠나요?"

"어머니께서 생전에 요리를 취미로 연구하셨습니다. 그래서 어깨너머로 많이 배워두었지요."

"생전이라면……."

"돌아가셨습니다. 하지만 집에 레시피가 많이 남아 있어서 가끔 그것을 이용하곤 합니다."

"그렇군요."

"그렇게 미안한 표정 지을 필요 없어요. 어머니는 저에게 많은 것을 남기셨으니 그렇게까지 그립지는 않아요."

"그렇다면 다행이네요."

태하의 어머니는 요리 연구가로서 꽤나 왕성하게 활동했기 때문에 그녀가 개발한 레시피가 태하의 별장에 많이 남아 있었다.

비록 어머니의 손맛을 그대로 재현할 수는 없지만 절반이라도 흉내 낸다면 아주 성공적인 요리가 탄생하게 된다.

태하는 조개와 새우 위에 버터를 바르고 굵은 소금을 뿌려서 바다의 향이 한껏 어우러지게 만들었다.

촤륵, 촤륵!

"으음, 향이 좋아요!"

"버터구이를 하면 새우를 껍질째 먹을 수 있습니다. 저는 개인적으로 머리부터 먹는 것을 즐기죠."

"확실히 그렇겠군요. 머리가 아주 바삭하게 익었어요."

"가시를 제거하고 조심히 먹어요. 제대로 음미한다면 와인과 아주 잘 어울릴 겁니다."

해물이 쪄지는 동안 세 사람은 술잔을 기울이기로 했다.

"한잔합시다."

"건배!"

팅!

고급스러운 와인 잔 앞에 모닥불이 피워져 있으니 절로 감성이 풍부해진다.

불과 술, 그리고 잔은 여자들의 가슴 깊숙한 곳에 있는 낭만을 끄집어내고 남자들의 로망까지 충족시켜 주는 신묘한 마법이 있다.

"아아! 이런 여행을 애인과 올 수 있으면 얼마나 좋을까!"

"…얘는 못하는 소리가 없네."

"이게 왜 못할 소리야? 우리 집안이 엄해서 지금까지 연애 한번 못해서 그래?"

"남자는 나이를 좀 더 먹으면 만나. 아직은 너무 일러."

"그러다가 서른이 넘도록 연애 한번 못한 언니처럼 되라고?"

"뭐, 뭐라고?"

태하는 그녀의 말에 화들짝 놀라서 물었다.

"어어, 두 분 모두 모태솔로입니까?"

"알면서 되묻지 말아줄래요?"

"험험, 그렇군요. 뭐, 요즘 세상에 모태솔로가 흔한 것은 아닙니다만, 그렇다고 창피해할 것까진 없어요. 남들이 쓸데없는 곳에 시간을 낭비하는 동안에 두 사람은 그만한 가치가 있는 일을 한 것이니까요."

한껏 포장을 하긴 했지만 젊음을 너무나 많이 허비한 것은 인생의 허망함을 남기는 일이 될 수도 있다.

지영은 지금까지 자신이 걸어온 길이 너무도 후회가 되는 모양이다.

"지금까지 20년 동안 단 한 번도 다른 곳을 본 적이 없어요. 중학교에 입학하는 순간부터 대학을 졸업하고 회사에 입사한 후에도 남자는 저에게 그냥 돌보다 못한 존재였죠."

"그런 순간들을 후회합니까?"

"나는 젊은 시절의 추억이라는 것이 없어요. 심지어 지금 이 여행이 태어나 처음 오는 여행이에요."

"으음, 그건 좀 심했군요."

"제 동생도 마찬가지예요. 이 아이는 남자에 대한 호기심은 많지만 정작 남자는 TV나 만화책으로만 만나봤어요. 가끔은 게임으로 만나기도 한다는데, 온라인에서 만난 인연이라 자세히 알겠어요?"

"하긴, 그건 그렇군요. 가상과 현실은 괴리감이 느껴질 정도로 다르니까요."

태하야말로 현실과 가상이 얼마나 많은 괴리감을 가지고 있는지 너무도 잘 아는 사람이다.

그는 지금까지 매뉴얼대로 살아와 흠뻑 뒤통수를 두들겨 맞고 생사의 기로에 섰던 아주 기구한 문명이었다.

만약 운과 기연이 따르지 않았다면 태하는 진즉 죽어서 이름만 남아 있을 것이다.

지우는 늦었을 때가 가장 빠른 시기라고 말했다.

"지금이라도 추억을 만들면 되는 것 아니야? 언니와 내가 노력만 한다면 못할 것도 없잖아?"

"…하지만 아버지의 유지를 받들 시간도 없는데 무슨 연애를 하고 추억을 만들겠어?"

태하는 고개를 가로저었다.

"그렇지 않아요. 사람이 너무 한 가지에 집착해 살면 영혼이 병드는 법입니다. 아마 당신의 아버지도 이런 당신의 모습을 기대한 것은 아닐 겁니다."

"……."

그는 두 자매에게 좋은 경험이 될 수 있는 일에 대해 설명했다.

"얼마 전 저는 저와 조금 앙금이 남아 있던 부하와 단둘이 여행을 떠났습니다. 그냥 공항에서 아무 나라나 가장 빨리 떠날 수 있는 티켓을 한 장 달라고 했지요. 그때부터 우리는 발길이 닿는 대로 여행하면서 일주일을 보냈습니다. 그러고 나니 머리가 좀 트이는 것 같더군요."

"오오! 낭만적이다! 나도 한 번쯤은 그런 여행을 떠나보고 싶었어요!"

"그렇다면 떠나세요. 아마 당신들의 시야가 두 배쯤 넓어지는 경험을 하게 될 겁니다."

"하지만 너무 위험한데……."

"만약 해외가 두렵다면 한국부터 천천히 시작하시죠. 그렇게까지 납치가 걱정된다면 GPS 수신기와 경찰청 직통 연결 시스템 등을 갖추면 될 것 아닙니까?"

"으음."

"언니, 함께 떠나자! 우리 둘이라면 잘할 수 있을 거야!"

그녀는 태하에게 여행 방법에 대해 물었다.

"…그럼 어떻게 떠나야 하는 것인지 알려줘요."

"방법은 간단합니다. 한국은 기차나 버스를 타면 울릉도와 제주도 빼곤 다 다닐 수 있으니까 기차역이나 버스터미널에서 아무 표나 사서 발길 닿는 대로 움직이세요. 그러다 보면 뭔가 얻는 것이 있을 겁니다."

"알겠어요. 한번 떠나볼게요."

"우와, 언니, 정말?"

"그래, 정말이야. 우리가 너무 우물 안 개구리처럼 살아온 것 같기도 하고."

"와아! 신난다!"

그녀는 태하에게 미리 만들어둔 위임장을 건넸다.

"제가 가진 AS미디어그룹의 지분이에요. 이것이라면 아무리 본사라고 해도 당신의 인수 합병을 막을 수는 없을 겁니다."

"이러자고 한 일은 아닙니다만?"

"알아요. 하지만 받아줘요. 나보다는 당신이 회사를 지키는데 더 어울릴 것 같아서 그래요."

"알겠습니다. 실망시키지 않도록 노력하지요."

"믿어볼게요."

세 사람은 계속해서 술잔을 넘겼다.

*　　　　*　　　　*

서울 강남터미널, 이곳에는 전국에서 모여든 시외버스가 즐비한 곳이다.

민씨 자매는 이곳에서 표를 구하기 위해 매표소를 찾았다.

똑똑.

"네, 어디 가세요?"

"…아무 데나 두 장 주세요."

"네?"

"그냥 아무 데나 주세요."

"아무 데나라는 행선지는 없는데요. 행선지를 말씀해 주시거나 비켜주시겠어요? 다음 손님이 기다리고 있어서요."

"……"

그녀들이 한참을 망설이고 있자, 뒤에 서 있던 한 군인이 말했다.

"아가씨, 하행선으로 두 장 줘요. 가장 멀리 있는 곳으로 주시면 되겠네요."

"하행선에서 가장 먼 곳이라……."

지영은 황급히 고개를 끄덕였다.

"그, 그래요! 하행으로 두 장 주세요!"

"알겠습니다. 하행에서 가장 먼 곳은 해남, 남해 이 두 곳입니다. 뭐, 이곳에서 부산도 꽤 멀고요. 아니면 거제도도 있습니다."

"남해로 두 장 주세요."

"알겠습니다. 남해로 드릴게요."

그녀들은 표를 구매한 후 자신들을 도와준 군인에게 꾸벅 고개를 숙였다.

"고맙습니다. 덕분에 살았어요."

"하하, 별말씀을요. 괜찮다면 삼천포까지 함께 가시죠. 집이 삼천포라서 남해까진 동행할 수 없습니다만, 꽤 먼 길이니 지루하지는 않을 겁니다."

"그래도 될까요?"

"물론이죠."

그의 군복에는 소령 계급장이 달려 있고, 명찰에는 '최민우'라고 쓰여 있다.

"최민우……."

"소령입니다."

"네, 최민우 소령님. 아무튼 감사드려요. 가는 길에 주전부리는 저희들이 살게요."

"하하, 그러지 않으셔도 됩니다. 그냥 고향 가는 길에 도움 조금 드린 것뿐인데요."

"그렇지만……."

"가시죠. 이제 곧 차가 출발할 겁니다."

"네!"

그녀들은 최민우 소령을 따라서 남해행 버스에 올랐다.

남해로 가는 버스 안, 출발 준비를 서두르는 그들에게 몇몇 군인이 다가와 경례를 올렸다.

"충성!"

"아아, 휴가를 떠나는 길인가?"

"예, 그렇습니다!"

"그래, 잘 다녀오게."

"감사합니다!"

휴가 중 군인은 원래 상급자에게 경례를 하게 되어 있고, 그들은 아주 깍듯하게 최민우 소령에게 경례를 올렸다.

어지간한 군인들이 전부 최민우 소령에게 경례하는 모습을 보니 그녀들은 새삼 소령이라는 계급이 꽤 높다는 것을 실감할 수 있었다.

지우는 맨 뒷자리에 일렬로 앉아 최민우 소령에게 이런저런 것들을 물었다.

"그런데 최 소령님은 군복에 이런저런 마크가 참 많네요?"

"아아, 이것들이요? 제가 병과를 좀 많이 옮겨서 그렇습니다. 원래는 육군에서 특전사로 옮겼다가 다시 일반 보병으로 옮겼습니다."

"특전사요?"

그는 거리를 지나다니는 군인 중에 검은 베레모를 쓴 하사관들을 가리키며 말했다.

"저기 보이는 저 눈빛 부리부리한 사람들이 특전사입니다. 특수전사령부를 줄여서 그냥 특전사라고 부르죠."

"아아, 그렇구나! 베레모가 멋있는데 왜 특전사에서 육군으로 옮겼어요?"

"파병을 다녀온 후에 하고 싶은 일이 있어서 육군으로 병과를 옮겼습니다."

"아하! 그렇군요. 군에서도 자신이 하고 싶은 일에 따라서 진로를 결정할 수 있나요?"

"자신의 신념만 있다면 충분히 가능합니다."

"으음, 뭔지는 잘 몰라도 꽤나 흥미로운 곳이군요."

그는 빙그레 미소를 지었다.

"흥미롭다……. 그렇지요. 군대는 흥미롭습니다. 이곳에서 희

로애락을 다 느낄 수 있고 제가 살아 있다는 것을 느끼니까요."

"와, 뭔가 멋있어요!"

"후후, 멋지다는 이유만으로 군인을 하기엔 무리가 좀 있습니다만, 제가 생각해도 군인은 멋있습니다."

이번에는 지영이 그에게 질문했다.

"지금은 어디서 근무하시나요?"

"강원도 화천에서 근무합니다. 혹시 감성마을이라고 들어보셨는지요?"

"아아, 알아요. 유명한 소설가가 산다고 들은 것 같아요."

"네, 맞습니다. 최전방 부대이긴 하지만 감성마을 근처에 주둔지가 있어서 자연을 만끽하며 살고 있지요."

"힘들지 않나요?"

"뭐, 힘들지 않다면 거짓말이죠."

그는 두 자매에게 핸드폰 사진첩을 꺼내어 구경시켜 주었다.

"제가 군 생활을 하는 이유입니다."

"어머나, 이 사람들은 다 누구예요?"

"저희 대대의 인원들입니다. 제가 어린 나이에 특전사 파병을 다녀와서 진급이 빨라서 병사들과 그리 많이 차이는 안 납니다. 그래서 아주 친하게 지내지요."

사진 속에는 병사들과 함께 눈을 치우고 진지 공사를 다니는 그의 모습이 그려져 있었다.

병사들도 그렇고 최민우도 그렇고 아주 화기애애하고 즐거워 보이는 모습이다.

"저는 이들과 어울려 생활하는 것이 좋습니다. 물론 2년 채우고 밖으로 나가면 거의 못 보는 일이 허다합니다만, 그래도 즐거운 것은 어쩔 수 없더군요."

"훈련이 힘들지 않아요?"

"힘듭니다. 솔직히 파병 부대에서 누리던 장비, 시설의 호황도 없고 환경도 많이 달라서 고생을 좀 했지요. 하지만 그것 역시 저를 단련시키는 하나의 과정이라고 생각했습니다. 그래서인지 지금은 많이 적응이 되었지요."

지영은 지금 이 순간, 그가 진심으로 멋있게 느껴졌다.

"군인이 다 멋있다고 생각하지는 않지만, 오늘 처음으로 군인이 멋있다고 생각했어요."

"하하, 모든 군인은 다 멋있습니다. 적어도 누군가를 위해 목숨을 걸고 희생을 각오한 그들이라고 생각하면 멋있지 않을 수 없지요."

"그래요. 그렇군요."

이런저런 얘기를 나누다 보니 어느 새 버스가 첫 번째 휴게소에 도착했다.

"저희 차, 첫 번째 정차 지역에 도착했습니다. 대기 시간은 총 20분, 만약 옆 자리에 있는 사람이 시간 내에 오지 않는다면 떠나기 전에 말씀해 주시기 바랍니다."

세 사람은 이내 자리에서 일어섰다.

"그럼 가볼까요? 요즘 휴게소에는 꽤 먹음직스러운 것들이
많이 들어와 있더군요."

"좋아요!"

최민우는 두 자매를 데리고 휴게소 매점으로 향했다.

＊　　＊　　＊

매점에서 주전부리를 한가득 사온 세 사람은 본격적으로 이
야기꽃을 피우기 시작했다.

두 자매는 자신들이 어떻게 해서 지금 이 상황에 처하였고,
그것을 누군가 도와주었다는 식으로 얘기를 풀어냈다.

다소 무거운 얘기였지만 최민우는 표정 하나 흐트러짐 없이
그녀들의 얘기를 끝까지 경청해 주었다.

"으음, 그러니까 부모님이 돌아가시면서 남긴 회사에 삼촌이
들어가 회장 자리를 꿰찼고, 그로 인해 고전을 면치 못하고 계
신 것이군요?"

"저보다야 경영에 더 일가견이 있는 삼촌이 회사를 경영하는
것이 맞는다고 생각하긴 하지만, 그래도 저를 계속해서 좌천시
키려는 태도는 화가 나서 참을 수가 없더군요."

"그나마 카미엘이라는 사람이 손을 내밀어주었기에 망정이지, 그렇지 않았다면 지금쯤 더 힘든 시간을 보내고 있을지도 모르겠군요."

"그렇다고 볼 수 있죠."

"카미엘이라……. 꽤나 믿음직한 사람인 모양이네요."

그녀는 실소를 흘렸다.

"훗, 글쎄요? 처음엔 그냥 강남 사짜 정도로 생각했는데, 생각보단 괜찮은 사람 같았어요."

이제 버스는 대전에 멈추어 서고 있다.

그녀들은 처음 보는 대전의 풍경이 신기한 모양인지 눈을 떼지 못했다.

"아아, 여기가 바로 대전이라는 곳이구나."

"대전에는 처음 와보시는 모양이군요?"

"사실 저희들은 강남을 벗어나 본 적이 거의 없어요. 많이 벗어나 봐야 인천?"

"으음, 그렇다면 지금 이 여행은 태어나 처음으로 겪는 긴 여정이라는 소리군요."

"맞아요. 저희 남매는 꽤나 엄하게 자라서 바깥 구경은 이번이 처음이에요."

"…조금 더 어릴 때 와봤더라면 선택의 폭이 넓었을지도 모를 텐데, 아쉬워요."

그는 고개를 가로저었다.

"누군가 말했지요. 늦었다고 생각했을 때엔 정말로 늦었다고. 하지만 그런 생각이 들었다는 자체가 현재를 더 나은 미래로 바꿀 기회가 주어졌다는 뜻입니다."

"그렇다면 지금 제가 새로운 것에 도전해도 늦지 않았다는 말인가요?"

"늦었다고 생각하시는 이유가 겨우 나이라면, 저는 늦지 않았다고 말씀드리고 싶군요."

"흠……."

"잘 생각해 보십시오. 인생은 길고 기회는 많습니다. 물론 도전에는 이런저런 사정이 많이 따릅니다만, 그것은 아주 작은 걸림돌에 불과하지요. 당신들이 마음만 먹는다면 불가능할 것은 그 어디에도 없어요."

"좋은 말이네요."

"하하, 저도 딱히 제대로 된 인생을 살고 있다고 생각하지는 않습니다만 지극히 개인적인 견해를 말씀드린 겁니다."

"마음먹기에 달렸다……."

지영은 여러 가지로 깊은 생각에 빠져들었다.

*   *   *

늦은 오후, 서울을 떠난 버스가 삼천포에 도착했다.

"이런, 벌써 삼천포에 닿았군요."

"…벌써 가시는 건가요?"

"하하, 만남이 있으면 이별도 있는 법이지요."

무척이나 아쉬워하는 지우를 바라보던 지영이 최민우에게 명함을 건넸다.

"언제 연락 한번 주세요."

"으음, 이걸 어쩐다? 저는 명함이 없는데요."

"괜찮아요."

최민우는 멋쩍은 얼굴로 자신의 품속에서 그의 얼굴에 선명하게 찍힌 군 장병용 명함을 꺼냈다.

육군 79XX부대 3X연대 2대대 소령 최민우

두 자매는 너무나도 환하게 웃고 있는 최민우의 얼굴을 보자마자 웃음을 빵 터뜨렸다.

"쿡쿡쿡! 도대체 왜 이렇게 환하게 웃고 있는 건데요?"

"…원래 군용 명함은 병사들에게 주는 것이라서 무조건 웃어야 합니다. 뒷면을 한 번 보시죠. 왜 웃어야 하는지 알 겁니다."

명함 뒤편에는 병사들이 휴가 시에 지켜야 할 사항과 부디 무사 복귀를 바란다는 글귀가 적혀 있었다.

"으음, 이런 명함은 확실히 웃지 않으면 안 되겠군요."

"험험, 아무튼 이 번호로 전화를 주시면 됩니다. 핸드폰이나 사무실 둘 중에 아무거나 거시면 제가 받을 겁니다. 만약 받지 않는다면 최민우 소령을 바꿔달라고 하시면 됩니다."

"네, 잘 알겠어요."

이제 그는 정말 버스에서 내리려 자세를 잡았다.

"그럼 저는 이만 가보겠습니다. 두 분은 계속해서 즐거운 여행 되십시오."

"고마워요, 소령 아저씨!"

"나중에 인연이 닿는다면 또 만납시다!"

최민우는 이내 버스에서 내렸고, 두 자매는 계속해서 여행을 이어나갔다.

늦은 밤, 남해 상주면에 있는 모텔에 투숙하기로 한 지영 자매는 태하에게 오늘 있던 일에 대해 설명했다.

태하는 최민우라는 이름을 듣더니 가슴에 있는 마크들에 대해 물었다.

─혹시 낙하산 모양의 휘장이 금색 아니던가요?

"어? 그걸 어떻게 아세요?"

─팔에는 HALO라는 엠블럼과 SCUBA라는 엠블럼이 달려 있지 않던가요?

"…혹시 우리를 미행했어요?"

—아니요, 그런 것은 아니고…….

"그런데 그 사람에 대해 어떻게 그리 잘 알고 있나요?"

—그냥 여기저기에서 주워들은 지식들로 때려 맞힌 겁니다.

"그래요?"

—그나저나 그 군인 아저씨는 건강해 보이던가요?

"건강하니까 군인을 하고 있겠죠? 그런데 그 아저씨 건강 상태는 왜 물어요? 아까부터 계속 이상한 것만 묻네?"

—…파병을 다녀왔다니 묻는 겁니다. 해외에는 풍토병 같은 것이 많잖아요. 특히나 아프리카 지역 풍토병은 지독하기론 둘째가라면 서러울 정도니까요.

"으음, 그런 병에 걸린 것 같지는 않았어요."

—그럼 다행이고요.

민지영은 자신이 고치를 깨고 세상 밖으로 나왔다는 사실을 태하에게 알렸다.

"아무튼 우리도 한 단계 성장할 수 있는 발판을 만들었다는 것을 알리고 싶었어요."

—잘되었군요.

"당신이 나에게 약속한 것이 있지요. 회사를 당신이 인수하게 되어도 나에게 경영권을 넘긴다고요."

—그렇지요.

"그 약속 아직 유효하죠?"

─물론입니다. 나는 그냥 회사를 소유하고 있을 뿐, 경영권은 당신에게 일임할 겁니다. 어차피 처음부터 내 회사도 아니었고 나중에 자리를 잡으면 다시 당신에게 넘길 생각이었습니다.

"회사를 다시 나에게 넘긴다고요? 왜요?"

─나는 회사 자체에 욕심이 없어요. 다만 AS미디어그룹이 불손 세력에게 넘어가면 큰일이 날 것이라고 생각한 것뿐입니다.

"흐음, 그렇단 말이죠?"

─아무튼 이번 여행은 꽤나 의미가 깊겠군요.

"물론이죠. 온 김에 한 일주일 푹 쉬다가 돌아가려고요."

─그래요. 여행 다닐 시간은 앞으로도 많습니다. 이번에는 남해 바다의 정취를 마음껏 느끼다가 와요.

"알겠어요. 그렇게 할게요."

전화를 끊은 그녀는 남해 바다에서 즐길 수 있는 모든 것에 도전하기로 했다.

*   *   *

늦은 밤, 태하가 삼천포에 닿아 있다.

그는 삼천포의 허름한 술집으로 들어가 홀로 술잔을 기울이고 있는 한 사내의 곁으로 다가갔다.

"잠깐 앉아도 됩니까?"

"으음? 자리는 많습니다만?"

"그래도 이 자리가 마음에 드는군요."

"거참, 취향도……."

순간, 홀로 술을 마시던 사내의 눈이 휘둥그레졌다.

"어, 어어……?"

"어이, 최 중위. 요즘 잘나간다면서? 언제 소령으로 진급했어? 삼사 출신으로 최연소 소령은 쉽지 않은 일인데 말이야."

사내는 마치 귀신이라도 본 것처럼 놀라더니 이내 정신을 차렸다.

"김태하, 이 자식! 너 안 죽었구나?"

"물론이지. 내가 그렇게 쉽게 죽을 놈 같았어?"

"이야! 이것 참, 내가 살다 보니 별의별 일을 다 겪는구나!"

"잘 지냈어?"

"군바리가 잘 못 지낼 것은 또 뭐야? 그나저나 어떻게 된 거야? 왜 뉴스에선 너를 죽은 사람 취급했던 거야? 가족을 죽인 누명은 이제 벗은 것 같던데."

"사정이 좀 있었어. 내가 살아 있다는 것을 알면 또다시 무서운 짓을 할 것 같았거든."

"으음, 확실히 그건 그렇군. 그렇다면 누군가 너를 위해하여 죽음 직전까지 몰고 갔었다는 뜻이 되겠네?"

"그렇다고 볼 수 있지."

"도대체 누가……."

"아마 너도 잘 알 거야. 내 삼촌과 사촌 부자 말이야."

"현 임시 회장 일가 말이야?"

"응, 맞아."

"허어, 그런 말도 안 되는 일이 다 있나!"

"나도 처음엔 믿기 힘들었지만 막상 그들의 얼굴과 마주하니 의심마저 사라지더군."

"흐음, 그런 일이 있었군."

"아무튼 다시 만나서 반갑다. 오늘 네가 만난 사람들이 아니었다면 평생 얼굴도 못 보고 지낼 뻔했어. 아무리 내가 죽었다고 해도 파병을 가다니, 왜 그랬어?"

"뭐, 네가 죽었다고 생각하니 한국에서 군 생활을 하고 싶지 않더군. 그래서 멀쩡한 특전사 생활 때려치우고 파병을 선택했지."

"그런데 왜 다시 돌아왔어?"

"글쎄다. 옛 전우에 대한 향수 때문에?

"후후, 너답지 않은 변명이군."

그는 웃음기 대신에 진지한 얼굴로 말했다.

"참모부에서 나를 스카우트했어."

"참모부?"

"자세한 것은 말할 수 없지만, 꽤나 중요한 임무를 맡았어."

태하는 더 이상은 그의 사정에 대해 묻지 않기로 했다.

"그래, 그 정도면 되었어."

그는 태하의 잔에 술을 채우며 대화를 마저 이어나갔다.

"그나저나 오늘 만나 사람들 때문이라니, 그게 무슨 소리야?"

"민지영 씨 자매를 내가 좀 알아."

"아아, 그래?"

"하지만 그 사람들은 나를 카미엘 엑트린이라고 알고 있어. 요즘 내가 카미엘로 변장해서 살고 있거든."

"카미엘이라…… 기업가로 변장했단 말이군."

"그게 가장 좋은 신분 같아서 말이야."

"역시 너답군."

두 사람은 잔을 부딪쳤다.

"아무튼 반갑다! 세상에, 이런 우연이 다 있다니! 너와는 참 전생에 인연이 깊은 모양이다!"

"하하, 그러게 말이다!"

"마시자! 간만에 만났으니 회포를 풀어야지!"

"물론이지!"

두 사람은 연거푸 술을 들이켰다.

*   *   *

일주일 후, 민씨 자매는 다시 서울로 올라갈 차비를 꾸렸다.

"언니, 올라가기 싫어."

"조금만 참아. 이번에 올라가면 제대로 준비해서 전국을 떠돌고 내년에는 언어를 공부해서 유라시아를 유랑하게 될 테니까."

"저, 정말?"

"어차피 경영은 카미엘 씨가 있으니까 내가 상관하지 않아도 괜찮을 테고, 경영권 방어도 그가 알아서 해줄 것 아니야?"

"으음, 언니의 생각이 조금은 부드러워졌는데?"

"사람이 너무 딱딱하면 살기 힘든 것 같더라고. 그리고 지금이 아니면 여행을 다니기도 힘들 것 같아서."

"그래, 잘 생각했어."

민씨 자매가 회사의 경영권을 빼앗기긴 했지만 그룹 내부의 지분이 꽤 많기 때문에 재산 상황은 풍족하다 못해 흘러넘칠 정도로 많았다.

얼마나 돈이 많았는지 평생 여행을 다니면서 각 나라에 호텔을 하나씩 지어도 될 정도였다.

그녀는 AS미디어그룹을 태하에게 넘기고 자신은 당분간 여행을 다닐 생각이다.

'그래, 그 사람이라면 믿을 수 있겠지.'

민지영은 또다시 남해에서 서울로 올라가는 버스에 올랐다.

그런데 민씨 자매는 우연이라기엔 아주 놀라운 경험을 하게 되었다.

버스에 오른 그녀들의 눈에 최민우와 카미엘 엑트린이 나란히 들어서고 있는 것이 보인 것이다.

"어, 어……?"

"저 아저씨들이 어떻게 같이 있지?"

"잘 놀았습니까? 남해의 물은 어때요? 괜찮았어요?"

"네, 네……. 그런데 어떻게 된 거예요? 두 사람이 어떻게 같이 있어요?"

"알고 보니 최 소령님이 태하의 친구더군요. 우연히 전화번호를 갖고 있었는데, 마침 생각이 나서 전화를 걸었죠."

"…애초에 알고 있었던 거야? 어쩐지, 왜 모르는 사람의 안부는 묻나 했어."

"하하, 미안합니다. 사정이 좀 있었어요."

"아무튼 이것도 인연인데 서울까지 함께 가시죠."

"좋아요!"

네 사람은 나란히 앉아서 또 한 번 여행 아닌 여행을 시작했다.

5, 배후를 캐내다

대전 관저동의 한 횟집.

쏴아아아!

비가 내리는 오늘은 손님이 드물어 거의 장사를 접어버린 횟집이다. 그런 횟집으로 한 사내가 들어섰다.

"계십니까?"

"어서 오십시오. 기다리고 계십니다."

"어느 쪽으로 가면 됩니까?"

"VIP룸으로 가세요."

"네, 알겠습니다."

사내가 VIP룸으로 들어가니 한 여성이 홀로 앉아서 그를 기다리고 있다.

"오셨습니까?"

"오래 기다렸나?"

"아닙니다."

"오늘은 비도 오는데 회보다는 매운탕으로 하지."

"안 그래도 민물 매운탕을 준비했습니다. 입맛에 맞으실지 모르겠습니다."

"하하, 역시 뭘 좀 아는 친구야. 김 실장은 참 계집 같지 않아서 좋단 말이지."

"과찬이십니다."

흰색 와이셔츠 사이로 비치는 그녀의 형형색색 문신은 차가운 인상과 어울려 서슬 퍼런 앙상블을 자아내고 있었다.

한필교의 오른팔이자 해결사인 김지현 실장은 사실 한필교가 부를 때만 실장이지, 수많은 계열사를 가진 회장 직함을 가진 여자이다.

그녀는 지금까지 수많은 주먹을 칼로 제압하고 자신이 두 손으로 직접 조직을 일궈냈으며, 경기도 일대와 충청도 북쪽 지역에선 그녀를 모르는 사람이 없을 정도이다.

하지만 그녀가 조직 생활을 청산하고 합법적인 기업을 설립하여 한필교의 휘하로 들어간 것은 철저히 비밀로 붙여져 있다.

그 때문에 한필교와 김지현은 매번 이렇게 비밀스러운 술자리를 가질 수밖에 없었다.

그도 그럴 것이, 한필교가 벌이는 일들이 절대 정상적인 일은 아닌데다 김지현은 명실상부한 최고의 해결사이기 때문에 서로가 함께한다는 것은 그 자체로도 스캔들거리였다.

이 횟집은 김지현이 조직원들의 위장 생활과 해외 도피를 목적으로 만든 일종의 비밀 기지였다.

횟집의 부동산 시가만 해도 20억이 넘어가지만 그녀에게 20억은 그리 큰돈이 아니었다.

아니, 그 이상의 가치를 지닌 조직원들을 해외로 도피시키는 데 들어가는 돈이 횟집의 시가보다 훨씬 더 많이 들어갈 것이다.

김지현은 한필교에게 오늘 접선에 대한 용건을 물었다.

"하명하실 일이 있으신지요?"

"그렇다네. 얼마 전 박 의원 등과 함께 짠 판이 한 사내로 인해 망가졌어. 알고 있나?"

"…카미엘 엑트린이라는 놈 말씀이시군요."

"그래, 그 남자 말일세. 도대체 뭐 하는 놈이기에 겁도 없이 우리 판을 다 엎어버린 거야?"

"아마도 든든한 배경이 떠받치고 있기 때문이 아니겠습니까?"

"배경이라……."

"안 그래도 그놈이 진즉 마음에 걸려 조사를 좀 해봤습니다. 그랬더니 꽤 재미있는 사실이 많이 발견되었습니다."

"흠, 그래? 그놈이 어떤 배경을 가지고 있나?"

"미국 보네거트 가문과 연결되어 있으며, 중국 흑사회 쪽과도 연이 닿아 있습니다. 아무래도 본업은 영국계 마피아인 것 같고요."

"허허, 그런 무지막지한 사람이 다 있나? 완전 범죄 조직의 온상이군그래."

"하지만 지금은 암흑가에 관련된 모든 사업을 접고 합법적인 기업 운영에 온 신경을 집중하고 있다 합니다."

"흠……."

"그놈이 이번에 대한그룹 김태린을 보호하겠다고 스스로 배후 세력을 자처한 것도 그러한 배경이 없었으면 불가능했을 겁니다."

"함부로 건드리기엔 덩치가 꽤 큰 놈이로군."

"뭐, 그렇다곤 해도 한국 토박이가 아닌 이상에야 이 땅에 쉽사리 발을 들일 수는 없을 겁니다. 마피아나 야쿠자가 함부로 한국 땅을 못 밟는 이유가 무엇이겠습니까?"

"그래, 자네와 같은 칼잡이들 때문이지."

"한국에서 총질은 큰일이지만 칼질은 큰일이 아닙니다. 그런 놈들 한둘 바다에 묻어버려도 크게 탈 날 일이 없다는 소리지요."

"역시 자네는 일 처리가 시원시원해서 좋단 말이지."

"명령만 내리시면 카미엘을 직접 잡아다가 확 담가 버리겠습니다."

"후후, 좋아. 일이 쉽게 풀리려면 그런 놈들을 가만히 내버려 두어선 안 되겠지. 다만 잡음이 없도록 처리해 주게."

"물론입니다."

잠시 후, 메기 매운탕과 쏘가리 수제비가 맛깔스럽게 차려져 나온다.

"으음, 좋군. 국산 메기인가?"

"예, 의원님. 자연산 메기와 쏘가리로 만든 매운탕입니다."

"이렇게 큰 놈을 잡으려면 고생 좀 했겠는데?"

"아는 사람이 강태공입니다."

"그래? 나중에 다리 한번 놓게. 내가 요즘 나갈 때마다 성적이 영 꽝이라서 말이야. 레슨 좀 받자고 해주게나."

"편하신 날짜를 주시면 섭외해서 대기시키겠습니다."

"그래주게."

두 사람은 안동에서 갓 올라온 소주를 주전자에 담아 한 잔씩 돌렸다. 그러자 한필교의 눈에 아쉬움이 어린다.

"그나저나 이런 깊숙한 동네에는 여흥거리가 별로 없나?"

"아닙니다. 필요하다면 말씀하시지요. 이미 2층에 연예인 지망생들이 대기 중입니다."

"하하, 역시! 함께 즐기세나!"

"그럼 염치불구하고……."

그녀는 2층에서 대기하고 있는 연예인 지망생 20명을 호출하여 그의 앞에 2열로 도열시켰다.

이들은 전부 실오라기 같은 옷만 한 장 걸치고 있을 뿐, 별다른 장신구조차 하지 않고 있었다.

"마음에 드시는 아이로 고르시지요."

"으음, 너무 많아서 고르기가 힘든데?"

"뭐, 그렇다면 다 함께 드시지요. 의원님 체력은 전국에서 알아준다고 하지 않습니까?"

"이 친구, 내 마음을 너무 잘 아는 것이 탈이라니까!"

그녀는 횟집 사장을 바라보며 손가락을 가볍게 튕겼다.

따악!

그러자 횟집 간판불이 꺼지고 셔터가 내려가면서 창문에 방음용 쇼윈도가 내려오기 시작했다.

지이이이잉!

"오오, 이런 시설까지 갖추었나?"

"저번에는 의원님께서 공사다망하신 바람에 제대로 대접을 못했습니다. 하지만 그때도 장비는 다 갖춰진 상태였습니다."

"그랬나? 아쉬운 발걸음을 했었군그래."

"대신 오늘 뻑적지근하게 즐기시면 되지 않겠습니까?"

"좋아, 좋아! 오늘 제대로 한번 달려보자고!"

한 방에 길게 늘어선 여자들을 자신의 곁에 둔 두 사람은 즐거운 얼굴로 흥겹게 술을 마시기 시작했다.

*　　　　*　　　　*

김지현이 한필교와 술판을 벌이고 있을 무렵, 밖에서 대기하고 있던 만다린파 행동대장이자 MDL그룹 전무이사 이승환이 부하들을 소집했다.

"지금 당장 중간보스 급에서 주먹 좀 쓴다는 놈들 20명만 섭외해서 큰형님 계신 곳으로 넘어와라."

―예, 형님!

그의 명령이 떨어지기 무섭게 조직은 빠르게 움직여 단 30분 만에 20명의 칼잡이가 모여들었다.

이들은 지금 지명수배자로 낙인이 찍혀 있는 상태지만, 워낙 행동이 신출귀몰해서 검찰도 그들의 소재를 파악하지 못하고 있었다.

이승환은 자신의 핸드폰에 있는 한 남자의 사진을 꺼내어 보여주었다.

"이런 놈이 한국에 있다. 잡아서 칼침 몇 방 넣어주고 얼굴에 봉지 씌워서 지금 당장 이곳으로 데리고 와라."

"예, 알겠습니다."

"얼마나 걸리겠나?"

"소재지만 안다면 왕복 다섯 시간이면 끝입니다."

"좋아, 현재 투숙 중인 호텔을 알아냈으니 그곳에서 작업하면 되겠군."

"잘 알겠습니다. 그럼 지금 당장 작업 들어가겠습니다."

"그래."

20명의 조직원이 스포츠카를 잡아타고 도심으로 질주를 시작했다.

부아아아아앙!

이 상태로 달린다면 적어도 두 시간 내로 서울에 도착할 것이고, 곧 있으면 좋은 소식이 들려올 것이라고 믿어 의심치 않는 이승환이다.

"감히 이곳에 어디라고 양키 새끼가 발을 들여?"

그는 이곳에서 잠시 머물며 카미엘 엑트린을 기다리기로 했다.

늦은 밤, 태하가 묵고 있는 프리우스 비즈니스호텔에 한 무리의 스포츠카가 달려와 멈추었다.

끼이이익!

그 안에서 쏟아져 내린 사내들은 재빨리 비상계단을 타고 올라가 25층 스위트룸으로 향했다.

저벅저벅!

일사불란하게 움직이는 그들의 발걸음에는 거침이 없었고, 그들은 24층까지 숨도 쉬지 않고 단숨에 올라갔다.

그리고 잠시 후 25층에 올라서자 주머니에서 칼이 한 자루씩 튀어나왔다.

스릉!

"놈도 주먹이다. 한 타에 때려잡지 않으면 일이 커질 수도 있어."

"예, 형님."

"가자!"

슬며시 비상구 문을 열고 25층으로 들어선 그들은 태하가 머물고 있는 스위트룸의 문을 두드렸다.

똑똑똑.

그러자 안에서 아주 느긋한 목소리가 들린다.

"예, 누구세요?"

"룸서비스입니다."

"룸서비스요?"

"석식이 제공되고 난 후 야식이 이벤트로 나가는데 저희들이 깜박했습니다."

"아아, 그래요?"

잠시 후, 스위트룸의 문이 열렸다.

철컥!

그들은 단번에 칼을 뽑아 들고 방 안으로 뛰어 들어갔다.

"조져!"

하지만 어처구니없게도 20명 모두가 방에 들어올 때까지 그는 눈에 보이지 않았다.

그리고 잠시 후, 호텔 문이 쥐도 새도 모르게 닫혀 버린다.

철컥.

"어, 어어……?"

"형님, 뭔가 좀 이상한데요?"

"뭐야? 문은 왜 안 열려?"

이미 문은 굳게 닫혀 버렸고 방 안의 불은 다 꺼진 상태였다.

"…일이 잘못된 것 같은데?"

"일단 방을 다 뒤지고 난다면……."

바로 그때, 한 조직원의 몸이 공중으로 붕 떠올랐다.

파밧!

"크헉!"

"어, 어어……?"

그리고 난 뒤에는 1초에 한 명씩 어둠 속으로 사라져 자취를 감추었고, 단 10초 만에 절반이나 되는 사람이 증발해 버렸다.

"이런 씨발! 뭐가 어떻게 돌아가는 거야?"

"형님, 일단 이곳을 나가시는 것이 좋겠습니다!"

"…겁도 없는 새끼들, 감히 이곳에 어디인 줄 알고 들어와? 하긴 죽고 싶다면 무슨 짓인들 못하겠나?"

"이, 이 새끼가……!"

이제 더 이상 도망갈 곳이 없다고 느낄 무렵엔 이 공간 전체에 뭔가 형용할 수 없는 공포감이 가득했다. 또한 그 공포감은 사람의 심장을 옥죄어 숨을 쉴 수 없을 정도로 강렬했다.

더 이상 이곳에 있어선 안 된다는 생각이 들면서도 마음대로 움직일 수가 없으니 남은 열 명은 미치고 팔짝 뛸 노릇이었다.

어둠 속에서 모습을 드러낸 사내는 안대로 눈을 가리고 있었는데, 한 손에는 피가 맺힌 장검이 쥐어져 있다.

"자, 이제부터 게임을 시작하겠다. 만약 내가 내는 문제를 풀지 못할 시엔 심장을 도려낸 후 천천히 죽여줄 것이다."

꿀꺽!

"네놈들의 배후가 누구지?"

"……."

"아아, 입이 굳어서 말을 못하시겠다? 그럼 죽어야지, 뭐."

퍼억!

푸하아아아악!

사방으로 튀는 선혈을 바라보는 남은 아홉의 눈동자가 미친 듯이 흔들리고 있다.

*　　　　　*　　　　　*

새벽녘에 터오는 시간, 이승환은 자꾸만 시계를 들여다보았다.

"이상하군. 왜 연락이 안 되는 거지?"

"형님, 그들이 실패한 것은 아닐까요?"

"조선 팔도에 그놈들보다 칼을 잘 쓰는 사람은 아마 없을 거다. 모르긴 몰라도 사람 쓰는 데엔 도사들이 분명해."

"하지만 이렇게까지 늦는 것은 좀 이상하지 않습니까?"

"그러게 말이다."

잠시 후, 그들의 의문을 풀어줄 사람이 등장했다.

슈욱!

하늘에서 갑자기 떨어져 내린 한 사내가 이승환의 목덜미를 낚아채더니 이내 그 손에 힘을 주기 시작했다.

꽈드드드득!

"커, 커허억!"

"…네놈, 누가 보낸 것이냐?"

"이, 이런 개새끼가!"

그는 주머니에서 칼을 꺼내어 의문의 사내를 향해 휘둘렀다.

휘릭!

하지만 어처구니없게도 그의 검은 사내의 손에 잡혀 마치 종잇장처럼 구겨지고 말았다.

끼이이이익!

"허, 허어억!"

"죽고 싶어서 환장을 한 모양이군. 좋아, 그렇게 죽고 싶다면 소원대로 해주지."

사내는 그의 목덜미를 확 비틀어 버렸고, 이승환은 그 자리에서 즉사해 버렸다.

빠각!

"이, 이런 씨발! 너, 너희들! 이 안에 누가 있는 줄 알고 이러는 거냐!"

"그러니까, 그게 궁금해서 왔다니까? 이 안에 누가 있나?"

"한필교 의원님과 그 오른팔인 큰형님께서 계시다!"

"아아, 그래? 정보 고맙다."

이윽고 사내는 남은 조직원들을 한 손으로 쓸어버리고 건물 위로 올라갔다.

*　　　*　　　*

불이 꺼진 건물 안에는 수많은 여인들의 웃음소리로 가득
차 있었다.

"의원님, 한 잔 하세요!"

"하하, 좋지!"

"으음, 잔 말고요! 계곡주 한잔 어때요?"

"그래, 그래!"

태하는 이곳에서 무슨 회식이라도 열렸다고 생각했다.

"무슨 사람이 이렇게 많아?"

바로 그때, 태하의 뒤통수로 한 남자의 목소리가 들렸다.

"허억! 형님! 침입자입니다!"

"…침입자!"

침입이라는 소리와 함께 수많은 여자들이 벌거벗은 채로 달
려나왔다.

"꺄아아아악!"

"…뭐, 뭐야, 이게?"

개개인적으론 아주 아름다운 여체라고 생각되었지만, 그녀들
이 이렇게 떼로 나오니 아름답다는 생각보다는 무섭다는 생각
이 드는 태하였다.

하지만 이번 습격의 배후를 잡기 위해선 어쩔 수 없이 그녀
들을 제치고 달려야 할 것이다.

스룽!

"놈! 잡아 족쳐주마!"

"그렇게는 안 된다! 나를 죽이고 가야 할 것이다!"

태하는 자신의 등에 칼을 꽂으려는 사내의 하복부에 장을 날렸다.

"아마 일주일은 병원에 입원해야 할 것이다!"

파앙!

"쿨럭!"

장이 배에 닿자마자 아주 소량의 장 파열을 일으켜 생명에 위협은 되지 않으면서도 응급실로 가야 할 상황으로 만든 태하이다.

그는 수많은 여자를 뒤로한 채 하늘을 날았다.

파바바밧!

천마군영보를 밟아 여자들이 뛰쳐나온 방으로 들어간 태하는 이미 상황이 종료되었다는 것을 알 수 있었다.

"젠장! 도대체 어디로⋯⋯?"

술잔이 어지럽게 널린 방의 구석에는 아주 작은 개구멍이 있었는데, 아무래도 저곳을 통해 도망간 모양이다.

"빌어먹을!"

뒤늦게 개구멍을 통해 밖으로 나간 태하는 이미 저만치 멀어진 고급 승용차를 바라보았다.

"…놓쳤군."

아무리 경공이 빠르다고 해도 벌써 몇 분 사이에 꽤 먼 거리를 간 승용차를 따라잡을 수는 없는 일이다.

하지만 태하는 시각을 최대한 극대화시켜 번호판을 인식했다.

지이이잉!

건곤대나이의 기운이 눈에 서리면서 그의 시력은 10㎞ 밖의 물건도 아주 자세히 볼 수 있는 망원경처럼 되었다.

그는 차량의 번호판을 순간적으로 암기했다.

"41로 6XXX라……."

차량의 번호판까지 외워두었으니 배후를 밝히는 데 큰 어려움은 없을 것이다.

태하는 이제 수많은 여자들의 시선을 피해 재빨리 신영을 숨겼다.

파밧!

*　　　　*　　　　*

다음날, 태하는 추나희를 통하여 해당 번호판에 대해 알아볼 수 있었다.

―당신, 도대체 목숨이 몇 개예요?

"무슨 말입니까?"

—이 사람, 국회의원 한필교의 큰아들이에요. 한마디로 그곳에서 술을 마시고 있던 사람은 한필교 아니면 그 큰아들이라는 소리죠.

"한필교 의원이라……."

여, 야를 막론하고 지금 가장 큰 세력권을 등에 업은 정치인이 대전 근교에서 술을 마시고 있었다. 그리고 그 술자리에 20명이 넘는 여자가 있었다. 만약 이 사실이 언론에 퍼지면 상당한 파장이 일 것이다.

—아마도 조만간 다시 해결사들이 갈 겁니다. 형사들을 지원해 드릴까요?

"아니요, 그럴 필요 없습니다. 제가 직접 미끼가 되어야겠어요."

—미끼요?

"물론 저놈들이 다시 한 번 낚일지는 모르겠군요. 워낙 묵사발이 되어서 돌아갔거든요."

추나희는 전화를 통하여 태하에게 한필교에 대한 경고를 전했다.

—한필교는 무서운 사람이에요. 다른 것은 몰라도 그 사람이 가진 세력권이 어마어마하다는 것은 아는 사람은 다 아는 사실입니다.

"걱정하지 말아요. 저도 그에 못지않은 세력을 등에 업고 있습니다."

―세력이요?

"아무튼 그런 것이 있어요."

태하는 그녀에게 감사의 인사를 전했다.

"고맙습니다. 이렇게 급작스럽게 협조에 응해주실 줄은 몰랐습니다."

―이미 한 배를 탔는데 어쩌겠어요?

"조만간 제가 술 한잔 사겠습니다."

―말로만 산다고 하지 말고 좀 사요. 돈도 많은 양반이 왜 그래요?

"하하, 미안합니다. 주말에 시간 내서 만납시다."

―그래요.

전화를 끊은 태하는 유주가 있는 서울지검으로 향했다.

유주는 한필교가 어째서 태하를 노린 것인가에 대해 고찰했다.

"으음, 그 작자가 뭐가 아쉬워서 너를 죽이려 한 걸까?"

"아마 그 사람이 국사모에 관련된 것이 아닐까?"

"그렇다면 이번 통신사 해킹사건과 인터넷 통폐합, AS미디어 그룹의 인수 역시 모두 한필교의 작품이라는 소리인가?"

"말하자면 그렇게 되는군."

"이 자식들, 그새 또 무슨 판을 짜는 것 같은데?"

"아무래도 총선이 얼마 남지 않았기 때문에 전력을 다하는 모양이지. 이들이 밀어주는 의원들이 꽤 많은 것 같아."

"국회의원들이 많이 꼬여 있으면 골치가 좀 아픈데……."

"하지만 어차피 호랑이를 잡자면 언젠가 한 번은 호랑이 굴로 들어가야 하는 법 아닌가? 호랑이 목을 따려는 사람이 호랑이 아가리 보기 무서워서 총을 못 쏘면 어쩌겠어?"

"하긴, 그건 또 그렇군."

유주는 어제 태하가 간 횟집에 대한 정보를 캐내어 그에게 전달했다.

"평남횟집, 소유주의 이름은 김지현이야. 올해로 서른다섯이 된 싱글 여성이더군."

"여성?"

"아는지 모르겠지만. 이 김지현이라는 여자가 건달이야. 어제 네가 때려눕혔다는 칼잡이들 역시 그녀의 휘하에 있는 것 같고."

"조폭 두목이 여자라?"

"사실 말이 여자지 하는 짓은 천생 깡패야. 사람 찔러 죽인 것이 몇 번인지 알 수가 없고 그 밖에 청부살인과 살인교사가 몇 건인지 헤아릴 수조차 없지."

"흐음."

"어지간하면 너에겐 이런 소리를 잘 안 하지만 이 여자는 정말 조심해야 할 것 같아. 도대체 무슨 짓을 저지를지 아무도 모르거든."

그녀는 김지현이라는 여자의 사진을 몇 장 건넸다.

"자, 봐. 어떨 때는 청순하기도 하고 어떨 때엔 섹시하기도 하지. 하지만 원래의 성격은 차갑고 냉혹해. 심지어 이 여자는 미남계에 끌리지도 않아. 동성애자거든."

"거참, 정체가 모호한 여자군."

"아마 자신도 자신의 정체성이 뭔지 헷갈리지 않을까?"

검찰이 그녀를 검거할 때마다 아예 다른 스타일로 변해 있던 것을 감안하면 얼굴에 몇 개인지 알 수 없다는 소리다.

"아무튼 이 여자의 조직이 나를 쳤다는 것은 내가 걸림돌이라는 것을 알고 있기 때문이겠군."

"그렇지."

"이 새끼들, 아무래도 가만히 두면 안 되겠는데?"

"어떻게 하려고?"

"힘에는 힘, 다른 방법이 있나?"

"흠, 하지만 잘 생각해야 해. 이놈들이 무서운 이유는 단지 칼을 들고 설치기 때문이 아니야. 뿌리가 꽤 깊은 토종 건달들은 자신들 밥그릇을 지키기 위해서라면 무슨 짓이든 서슴지 않는다고."

"아주 조용히 처리해야지."

"아무튼 사람 다치지 않도록 조심하자고."

"그래, 알겠어."

태하는 무거운 얘기는 이쯤에서 끝내기로 했다.

"그나저나 이번 주말에 시간 괜찮아?"

"시간은 왜?"

"술이나 한잔하자고. 추나희 경감도 함께하기로 했어."

"으음, 나쁘지 않지."

"좋아, 장소는 두 사람이 정해서 말해줘. 나는 아무 술이나 괜찮으니까."

"그래, 그렇게 하자고."

이로써 회합이 정해진 셈이다.

*　　　　*　　　　*

국회의원 한필교의 별장, 김지현이 그의 앞에 무릎을 꿇고 앉아 있다.

"…죄송합니다! 모두 다 제 불찰입니다!"

"김 실장, 사람 그렇게 안 봤는데 실수를 다 하는군."

"면목 없습니다!"

한필교는 무릎을 꿇은 그녀에게 물었다.

"이번 사건에 자네의 책임이 어디까지 있는 건가?"

"…무슨 말씀이십니까?"

"아니, 나는 자네가 실수를 했다는 것이 도저히 믿기지 않아서 말이야."

"……."

한필교가 지금까지 이 살벌한 정치판에서 국사모를 이만큼 키워낸 것은 의심이 아주 많았기 때문이다.

그는 자신에게 위해를 가한 사람을 가만히 내버려 두지 않을뿐더러 한 번 신임을 잃은 사람은 결코 살려두는 법이 없었다.

그나마 김지현이 지금까지 살아남아 있는 것은 그의 신임이 그만큼 두텁다는 소리였다.

그녀는 바닥에 머리를 찧으며 외쳤다.

쿵쿵쿵!

"의원님, 저는 하늘을 우러러 한 점 부끄러움 없이 의원님을 모셨습니다! 이번 사건도 단순히 저의 불찰일 뿐, 다른 배후는 없습니다! 정말입니다!"

"으음, 김 실장이 그렇게까지 말하니 한번 믿어보기로 하지."

"감사합니다!"

"하지만 그놈은 무슨 수를 써서라도 잡아야 하네. 잘 알지? 이 바닥에서 쪽이 잘못 팔리면 큰일 나는 것을 말이야."

"잘 알고 있습니다. 무슨 일이 있더라도 반드시 그놈을 잡아 살인멸구하겠습니다."

"그래, 김 실장이라면 두 번 실수하지 않으리라 믿어."

"감사합니다! 최선을 다하겠습니다!"

"그래, 그래."

머리를 땅에 대고 있던 김지현의 이마에서 피가 흘러내렸고, 그녀는 어금니를 부서질 듯이 깨물었다.

'카미엘인지 개미엘인지 아주 요절을 내주겠다!'

그녀의 눈에서 표독스러운 이채가 뿜어져 나왔다.

6. 정리

AS미디어그룹의 사장이 바뀌는 날이다.

이미 태하의 얼굴을 한 번 본 임원진은 그 누구보다 그를 환영하고 나섰다.

짝짝짝!

"축하드립니다! 앞으로 살신성인하여 모시겠습니다!"

"그래요. 열심히 하세요. 그렇게 열심히 하면 제가 여러분께 상을 내릴 겁니다. 만약 그렇지 않다면……."

꿀꺽!

태하는 이미 자신들이 어떻게 해볼 수 있는 단계를 지났다는 것을 잘 아는 그들에게 눈빛만으로도 충분히 협박이 되었다.

비서실장 최유선이 태하를 AS미디어그룹의 사장실로 안내했다.

"안녕하십니까? 비서실장 최유선입니다. 회장실은 이쪽입니다."

"그래요. 갑시다."

그녀를 따라서 사장실로 가는 동안에도 임원진은 아주 어색한 웃음을 지으며 그 뒤를 따랐다.

"하하, 오늘 날씨가 참 좋군요!"

"사장님, 괜찮으시다면 저희들이 야유회를 준비할까 하는데, 어떻게 생각하십니까?"

"거추장스러운 일은 벌이지 맙시다. 다만 오늘은 각 방송국 과·부서에 회식비를 내려주세요. 좋은 날이니만큼 제가 사겠습니다."

"이야, 역시 화끈하십니다!"

이제는 대놓고 아부를 떠는 그들이 썩 보고 싶지는 않은 태하다.

"아무튼 돌아가서 볼일 보시지요."

"예, 회장님!"

"자자, 가세! 가서 밥값 해야지!"

지나치게 의욕적인 그들을 바라보며 최유선이 고개를 가로 저었다.

"…나쁜 놈들 같으니. 전 사장님께서 계실 때엔 인사도 제대로 안 하더니."

"힘의 논리에 눌린 겁니다. 아마 제가 대주주로 물러나고 그녀가 돌아올 때쯤이면 회사가 제대로 돌아가고 있을 테지요."

"회사를 원래 사장님께 돌려주실 생각이십니까?"

"그게 맞다고 봅니다."

그녀는 하얀 이를 마음껏 드러내며 물었다.

"역시 민 사장님께서 어째서 지분을 넘겼는지 알 것 같습니다. 사장님께선 옳은 길에 모든 것을 거시는 분이군요?"

"당연한 일을 당연하게 하는 것뿐입니다. 그리 대단한 것은 아니에요."

이윽고 태하는 그녀에게 현 재무 상황과 방송국 구조에 대해 차트를 작성할 것을 지시했다.

"내가 집무를 시작하기 전에 계열 방송국들의 상태에 대해서 알아야겠습니다."

"예, 사장님. 오후 2시까지 차트를 만들어 보고하겠습니다."

"그래요. 수고 좀 해주세요."

이윽고 그녀가 태하에게 아주 조용히 물었다.

"저……"

"무슨 일이죠?"

"우리 비서실도 오늘 회식 하나요? 지금까진 법인카드가 내려오지 않아서……."

"아아, 비서실도 직원들이 속한 부서이니 당연히 회식비가 내려갑니다."

"저, 정말인가요?"

지나치게 기뻐하는 그녀를 보는 태하의 마음이 썩 좋지가 못하다.

"지금까지 정말 회식 한번 못했단 말입니까?"

"…그럴 만한 여건이 되지를 않았으니까요."

"으음, 그렇군요."

"아무튼 감사합니다! 이제 저희들도 한자리에 모여 술잔을 기울일 수 있겠군요!"

"오늘은 최대한 일찍 일을 마무리하고 당일 스케줄도 다 취소하세요. 마시는 김에 일찍 마시고 집에 들어가면 좋잖아요?"

"예, 사장님!"

그녀는 기쁜 마음을 안고 집무실을 나섰다.

*　　　*　　　*

그날 오후, 태하는 비서실에서 보내온 차트를 검토하게 됐다.

"…재무 상황이 엉망이군. 도대체 돈이 어디서 이렇게 많이 새는 거지?"

태하는 지금 AS미디어그룹에서 벌어들이는 돈이 회사에 재투자되고 나면 남는 것이 하나도 없다는 것을 알 수 있었다.

지금까지 대략 5년간 성장이 계속 마이너스를 기록하고 있어서 잘못하면 직원들 급여 지급도 간당간당할 판이었다.

"으음, 재무이사를 족치면 뭔가 나오려나?"

태하는 이제 대대적인 인사 개편이 필요하다고 느꼈다.

"조나단."

—예, 보스.

"재무이사로 쓸 만한 조직원이 있나?"

—미국 보스턴에서 경영학 석사를 거쳐 조직의 돈을 관리하던 사람이 있습니다.

"일 처리는 어때?"

—지독하지요. 조직의 돈 관리를 잘못하면 자신의 목이 달아나니까요.

"좋아, 그를 AS미디어그룹의 감사로 파견하고 추후에 재무이사로 쓰겠다."

—지금 그곳으로 보낼까요?

"그렇게 하도록."

—마침 그가 한국에 있으니 보스께 지금 당장 보내겠습니다.

"알겠다."

잠시 후, 30대 초반의 한 청년이 태하를 찾아왔다.

똑똑.

"들어오게."

"보스, 부르셨습니까?"

"아아, 자네가 경영학 석사를 딴 조직원이었어?"

"예, 그렇습니다."

태하가 한국으로 들어올 때 비서실장 보조로 따라온 사람이 바로 이 조직원 데이빗이다.

데이빗은 수려한 외모와 화려한 말솜씨로 조직의 굵직굵직한 요직을 두루 거친 경험이 있었다.

경영학 석사의 학위를 취득한 것은 조직 생활을 하면서 5년 전에 따낸 것이다.

태하는 그에게 재무제표를 건넸다.

"자네가 보기에 이 재무제표가 어떤 것 같아?"

"으음, 어떤 자식이 횡령하고 있는 것이 틀림없군요."

"그렇지? 나도 그렇게 생각해."

"만약 저에게 감사 자리를 주신다면 아예 뿌리를 뽑아버리겠습니다."

"그래, 그렇게 하라고. 하지만 화가 난다고 마구잡이로 땅에 묻어버리면 곤란해."

"…최대한 참아보겠습니다."

겉으로 보기엔 아주 완벽한 데이빗이지만 숫자에 관련된 것은 상당히 민감한 반응을 보였다. 심지어 숫자에 강박관념이 있어서 동전 하나 없어지는 것을 결코 참지 못했다.

만약 재무제표대로 누군가 횡령한 물증을 잡는다면 그의 광기가 폭발할지도 모를 일이다.

태하는 그가 광기를 제어할 수 없다고 이미 예상하고 있었다.

'그래, 족치는 김에 아예 반병신을 만들어 버리라고.'

이 세상에서 가장 좋은 경고는 누군가를 본보기로 아예 저세상 문턱으로 보내 버리는 것이다.

그는 데이빗의 이런 점에 한껏 기대를 걸고 있다.

"자자, 움직이자고."

"예, 보스."

집무실을 나서는 데이빗의 눈빛이 날카롭게 빛난다.

*   *   *

회식이 열리기 전, 태하는 회사의 내부감사로 데이빗을 발령했다.

총무부는 데이빗의 갑작스러운 인사를 상당히 달갑지 않게 여기는 듯했지만, 그들로서는 어쩔 도리가 없었다.

"데이빗 케른필드입니다. 영국에서 온지라 한국에 대해 잘 모릅니다. 하지만 만약 일말의 부조리라도 발견된다면 그냥 넘어가지 않겠습니다."

"와아아……."

박수를 치는 총무부의 표정이 시무룩한 데 반해서 비서실과 경리과는 아주 반색하는 모습이다.

"와아아아! 감사님, 잘생겼어요!"

"고맙습니다."

이 세상 어디를 가도 잘생긴 사람은 그만큼 대접을 받는 법이고, 특히나 여초사회에선 거의 신처럼 추앙을 받을 수도 있다.

"아무튼 오늘부터 우리와 함께하게 될 테니 모르는 것이 있다면 친절하게 알려주십시오."

"예, 사장님."

이제 본격적인 감사가 시작될 것임을 감안하면 회식 자리는 그저 놀고 즐기는 자리가 되지는 않을 것이다.

"자자, 그럼 오늘 업무는 여기서 슬슬 마무리하고 회식하러 갑시다. 각 부서는 회식장소를 정해서 총무부에 제출하십시오. 그렇게 되면 제가 개인 카드를 발급해서 회식비를 부담하겠습니다."

"예, 사장님."

돈에 관련된 부서들은 다소 경직이 되었지만 다른 부서들은 그저 흥겨운 분위기에 취해가고 있었다.

오후 네 시, 태하는 비서실과 함께 회식 자리로 가고 있다.

오늘 회식은 회와 초밥이 무제한으로 제공되는 무한리필 회전초밥 전문점에서 치러질 예정이다.

태하는 자신의 차 뒤에 끼어 타고 있는 비서들에게 말했다.

"회식이니 더 좋은 것을 먹어도 괜찮은데, 다른 곳으로 옮길까요?"

"아니요! 저희들은 그냥 많이 먹을 수 있다면 좋아요!"

"맞아요!"

AS그룹 정도의 기업에 입사하여 비서실에 들어올 스펙이면 결코 남들에 비해 뒤처지지는 않을 것이다.

그럼에도 불구하고 그녀들은 제대로 된 복리후생을 지원받지 못하고 있는 실정이었다.

태하는 그녀들에게 가장 불만스러운 부분에 대해 물었다.

"각 비서실에서 가장 힘든 곳은 어디고 불만은 무엇인지 궁금하네요."

"불만은 딱히……."

"괜찮아요. 어차피 불만 사항은 고발자를 알리지 않을뿐더러 만약 린치가 가해지면 그 가해자는 해고입니다. 그게 이사이건 부장이건 상관없어요."

한 번 고사한 그녀들은 마치 속사포처럼 자신들의 불만 사항을 쏟아냈다.

"가장 힘든 곳은 재무이사 비서실이에요. 재무이사란 사람이 비서들 엉덩이를 그냥 아무렇지 않게 만지거든요."

"성추행이 만연하다는 겁니까?"

"…얼마 전에는 실장님이 술자리에 불려가서 술시중을 든 적도 있어요."

"허어, 죽고 싶어서 환장한 모양이군."

"그렇지만 전 사장님께서 위태로운 상황이라서 저희들은 그냥 입을 닫았어요. 그래야 그나마 남아 있는 좋은 사람들이 저희들 곁을 떠나지 않을 것 같았거든요."

그녀들은 자신들에게 무조건 잘해주던 민지영을 생각해서 수치스러운 일이 생겨도 꿋꿋하게 버티고 있었던 것이다.

태하는 그녀들의 고충을 해결하겠노라 선언했다.

"잘되었군요. 안 그래도 재무이사를 교체할 생각이었습니다."

"저, 정말요?"

"오늘 본 그 감사, 어떠신가요?"

"오오! 그런 미남이 재무이사라면……!"

"헤헤, 좋아요!"

"성질이 좀 더럽긴 하지만 평소에는 사람 좋다는 소리를 많이 듣습니다. 비서들 입장에서도 일할 때는 확실히 하고 일이 끝나면 서글서글해지는 사람이 좋을 것 아닙니까?"

"…그럼 너무 섹시하죠!"

그녀들은 벌써부터 데이빗에 대한 환상에 조금씩 젖어드는 모양이다.

'하지만 그 광기도 만만치는 않을 텐데……'

일이야 어찌 되었건 간에 태하는 그를 이용해서 미남계를 써 볼 생각이다.

"그래서 말입니다, 재무이사를 쳐낼 수 있는 결정적인 한 방이 필요합니다."

"결정적 한 방이요?"

"듣자 하니 이 회사에서 횡령이 공공연히 일어난다던데, 그런 사안이면 좋겠군요."

비서들은 자신이 아는 모든 정보를 기꺼이 털어놓았다.

"외주 제작사들이 재무이사에게 로비를 한다는 사실을 알아요. 실제로 제 친구가 외주 제작사에 있는데, 비서실에서 직접 돈다발을 건넸대요."

"그런 미친 짓을 대놓고 벌인단 말입니까?"

"뭐, 이 회사는 이미 자신들의 것이라고 굳게 믿고 있는 사람들이니까요."

"흠, 그렇단 말이죠?"

"또 있어요!"

"말씀해 보세요."

"재무이사가 총무부와 밀접한 관계를 맺고 돈을 조금씩 빼돌리고 있다고 했어요."

"누가 말해준 겁니까?"

"총무부에 친한 사람이 한 명 있는데, 그 사람이 재무제표를 살짝 수정하는 것을 보았대요."

"재무제표를 수정하다니, 장부에까지 손을 댄단 말입니까?"

"장부에 손을 대지 않으면 돈을 빼돌리기 힘을 테니까요."

"이거야 원, 매를 어디서부터 어떻게 들어야 할지 모를 지경이군요."

"사실 그동안 저희들이 힘이 없어서 가만히 지켜보고 있었지만 저 사람들의 만행이 한두 가지가 아닐걸요?"

"그래요. 그렇다면 오히려 잘되었군요. 이참에 회사를 확 뜯어고치면 되겠어요."

태하가 전의를 불태울 때쯤, 자동차 내비게이션이 도착했음을 알렸다.

─목적지 부근입니다. 안내를 종료합니다.

"다 왔군요. 내립시다."

"와아! 진짜 회식이다! 이게 꿈이야, 생시야?"

"그러게 말이에요!"

"오늘은 마음껏 먹고 마시세요. 놀고 싶으면 2차, 3차도 마음 대로 가세요. 어차피 제가 사는 것이니까 부담 가질 필요는 없어요."

"와아아아, 사장님 최고!"

"하지만 내일부터는 다시 힘을 내서 일합시다."

"네!"

태하는 그녀들을 데리고 고급 초밥집으로 들어갔다.

＊　　　＊　　　＊

같은 시각, 총무부는 상당히 경직된 표정으로 회식에 임하고 있었다.

"자자, 어서 들어요. 고기 다 탑니다."

"예."

총무부가 정한 곳은 삼겹살 전문점으로 그들은 감사와의 회식을 의식해서인지 가장 저렴한 곳을 지정했다.

그는 곁에 앉은 총무부장에게 술잔을 넘기며 말했다.

"회장님께선 자금력이 대단하십니다. 이런 고깃집이 아니라 횟집을 가셨어도 될 것을요."

"아, 아닙니다. 사적인 자금이 동원되는데 고급 술집이 웬 말입니까?"

"아아, 그렇군요. 지금까지 총무부는 아주 소소하게 회식을 가져왔던 것이군요?"

"물론이지요. 저희들은 개인당 3만 원을 넘어본 적이 한 번도 없습니다."

"이런, 회식 자리가 그렇게 짜면 어떻게 합니까?"

그는 총무부의 평사원들과 대리급 인사들에게 물었다.

"자, 그럼 여기서 투표를 하시죠. 고기를 먹고 준코어로 옮겨서 먹는 것이 좋겠다, 손 들어보세요."

"저요!"

"저도 있습니다!"

백이면 백 젊은 사람들은 조금 더 흥겹고 신나는 곳에서의 회식을 원했다.

데이빗은 호쾌하게 2차를 갈 것을 선언했다.

"자자, 그럼 여기서 배를 좀 채우고 2차를 갑시다. 회식비가 많이 나오면 제가 쏩니다."

"와아아아!"

환호하는 그들을 바라보는 총무부장의 눈동자에 지진이 난 것 같다.

"어, 어허! 아무리 감사님께서 어리광을 받아주셔도 그렇지……."

"괜찮아요. 어리광을 받아준 것이 아니라 우리 회장님의 스케일이 그만큼 크다는 것을 알려드리려는 겁니다. 우리 회장님은 공명정대하지만 쓸 때는 씁니다. 다들 지금까지 어떻게 살았는지 몰라도 앞으론 그런 회사 생활은 더 이상 없습니다. 할때는 하고 놀 때는 노는 회사가 될 것이라는 소리죠."

"회장님, 만세!"

데이빗은 방금 전 태하에게서 총무부와 재무이사의 유착관계에 대해 전해 들었다.

오늘 그가 유난히도 호쾌하게 돈을 쓰려는 이유도 다 그 유착 관계에 대해서 알아내기 위함이다.

"자자, 어서 한잔합시다. 아참, 3차 갈 사람은 얘기하세요. 3차는 클럽입니다."

"오오!"

"사장님, 회장님, 감사합니다!"

이미 직원들의 호감은 다 산 것 같고, 이제 남은 것은 그들을 잘 회유해 내는 일이었다.

*　　　　*　　　　*

늦은 밤, 비서실과의 회식이 한창이다.

1차 회식을 끝내고 룸바를 찾은 태하는 비서실 직원들을 데리고 이사진 뒷담화를 즐기는 중이다.

"…글쎄, 얼마 전에는 자고 있는데 막 전화가 오는 거예요. 술자리에 여자가 없다고."

"미친놈인데?"

"그러게 말이에요. 그래서 어떻게 했어요?"

"일단 전화를 받았는데 마음이 상당히 언짢더라고요. 그래서 결국 그 술자리에 나가게 되었죠."

"…나쁜 놈! 비서가 무슨 술집 접대부도 아니고 왜 자꾸 그러는지 모르겠네요!"

"그러게 말이에요."

태하는 묵묵히 그 얘기를 전부 다 들으면서 이사회에서 처낼 사람들을 속으로 골라내고 있었다.

'그래, 죽고 싶으면 무슨 짓을 못하겠냐? 다들 간이 배 밖으로 나왔구나.'

바로 그때, 비서 중 한 명에게 전화가 걸려왔다.

"사, 사장님."

"누굽니까?"

그녀는 대답 대신 자신의 핸드폰에 뜬 전화번호를 보여주었다.

[김영석 이사]

"김영석?"

"영업이사 김영석이요."

"이 새끼가 아주 머리가 어떻게 되었군. 일단 받아요. 받고 난 후에 그놈을 불러내서 아주 족쳐 버리죠."

"그럼 사장님만 믿고……."

"저만 믿어요."

이윽고 그녀가 전화를 받았다.

"네, 이사님."

—지금 어디야? 여기 혜화동인데, 조금 있으면 명동으로 넘어갈 거야. 술이나 한잔하지.

"며, 명동이요?"

—왜? 싫어?

"아, 아니요……."

—30분쯤 있다가 명동으로 나와 있어.

"네, 알겠습니다."

비서실 직원들은 술자리를 박차고 일어섰다.

"사장님께서 저놈을 당장 처단해 주시지 않는다면 저희들은 여기서 회식을 그만하고 싶어요."

"맞아요! 성희 씨 혼자 보낼 수는 없어요!"

"좋습니다. 그럼 근방에서 함께 기다리고 있다가 3차를 갑시다. 3차는 여러분이 가고 싶은 곳으로 갑시다."

"네!"

태하는 다시 자리를 명동으로 옮겼다.

                    *   *   *

밤 10시, 시간이 꽤나 흘러 하나둘 취객이 발생하는 시기가
되었다.

명동 한복판에 서서 10분째 서성이고 있는 김영석의 얼굴에
는 초조함과 함께 분노가 일고 있었다.

"…감히 영업이사인 나를 기다리게 만들어?"

화가 머리끝까지 난 김영석은 연신 시계를 바라보다 자신에
게로 다가오는 한 그림자와 마주했다.

"이사님……?"

"성희 씨, 왜 이렇게 늦어? 지금 내가 얼마나 기다린 줄 알
아?"

"죄송해요. 오는 길에 차가 막혀서요."

"쯧, 이래서 사회생활 하겠어?"

"죄송합니다."

"아무튼 도착했으니 됐지. 자자, 조용한 곳에 가서 술이나 한
잔하자고."

그가 성희의 팔을 붙잡자 그녀가 몸을 떨며 한 발자국 떨어
졌다.

"시, 싫어요!"

"뭐? 성희 씨, 미쳤어? 지금 어느 안전이라고 튕겨, 튕기기를!"

"술자리에 가면 또 몸 더듬으실 거잖아요!"

"참나, 다 알고 나왔으면서 왜 이래? 처음도 아닌데 자꾸 그럴 거야?"

바로 그때, 그녀의 등 뒤로 한 남자가 스윽 다가와 김영석의 정강이를 발로 걷어찼다.

퍼억!

"으, 으윽! 어, 어떤 새끼야?"

"어라? 김영석 이사님?"

"허, 허억!"

"여기서 뭐 하시는 겁니까? 저는 성희 씨에게 하도 치근대서 괴한인 줄 알았네요."

"……"

태하는 싸늘한 표정으로 김영석에게 물었다.

"여기서 뭐 하시는 거냐고 물었습니다. 사장이 묻는데 대답 안 하실 겁니까?"

"그, 그게 그러니까……"

"아까 듣자 하니 술자리로 불러내서 몸을 더듬거나 만지는 등 성희롱 및 성추행을 했다고 하던데, 사실입니까?"

"아, 아닙니다! 그럴 리가 있나요?"

"그럼 아까 당신이 한 말은 다 뭡니까?"

"그, 그건⋯⋯."

자꾸 발뺌을 하던 김영석이 윤성희에게 손가락질을 하며 외쳤다.

"이, 이년이 먼저 꼬리를 쳤습니다! 나를 통해서 승진이 하고 싶었던 거라고요!"

"⋯이년?"

"그래요. 윤성희, 저년!"

태하는 그의 목덜미를 주먹으로 살짝 친 후 가슴팍을 발로 걷어차 버렸다.

펙, 빠악!

"쿨럭쿨럭!"

"이런 버러지 같은 새끼, 갑질이 그렇게 하고 싶던? 좋아, 그렇게 갑질이 좋으면 너도 한번 느껴봐."

태하는 주머니에서 100만 원짜리 수표 두 장을 바닥에 던지면서 말했다.

"한 대 맞는 데 10만 원씩 줄 테니까 오늘 아주 제대로 매질한번 해보자. 아마 이 정도 돈이면 병원을 가도 억울할 것 없을 거야."

"이, 이런 미친 사람을 보았나! 명동 한복판에서 사람을 패겠다고?"

"왜? 그럼 안 되나?"

"흥! 경찰이 무섭지도 않은 모양이지?"

"응, 나는 경찰 안 무서워. 왜냐고? 너처럼 비렁뱅이 주제에 객기부리는 사람이 아니거든."

태하는 그의 머리채를 잡더니 주먹으로 얼굴을 마구 쳤다.

빠악, 빠악!

"크허억!"

"이 새끼, 아프냐? 네가 한 짓을 생각하면 더 맞아야 할 것 같은데?"

"죄, 죄송합니다! 다시는 안 그러겠습니다!"

그는 김영석의 앞에 100만 원짜리 수표를 한 장 더 건네며 말했다.

"너는 해고다. 이 돈 받고 가만히 꺼지면 성추행으로 고소는 안 하겠다. 그나마 자식들에게 쪽팔리지 않으려면 그냥 꺼져. 만약 경찰이 올 때까지 기다리겠다면 기다려 주마."

"……."

아무리 김영석이 무지막지한 바보라고 해도 카미엘 엑트린이 얼마나 대단한 갑부인지 너무나도 잘 알고 있을 것이다.

그는 어쩔 수 없이 돈을 챙겼다.

"…좋아, 내가 회사를 때려치운다!"

"그래야지. 너 같은 자식은 회사에 있을 필요가 없어."

이윽고 태하는 윤성희를 데리고 돌아섰다.

"갑시다. 동료들과 술 한잔 더 해야죠?"

"네, 사장님."

명동 한복판에 드러누워 있던 김영석이 폭소를 터뜨린다.

"하하, 하하하! 내가 미쳤지. 무슨 짓을 한 거야?"

지나가던 사람들이 그를 부축하려 했으나, 그는 손길을 모두
거부한 채 자신의 갈 길을 갔다.

*　　　　*　　　　*

다음날, 회식을 마친 회사는 대대적인 개편에 돌입했다.

우선 영업이사 김영석이 자진 퇴사를 하였고, 재무이사 최태
만이 보직 해임되어 평사원으로 강등되었다.

호봉을 전부 삭감시키고 복리후생에 대한 모든 것을 전면 회
수하였다. 그나마 퇴직금이 삭감되지 않은 것이 다행이었다.

태하는 공석이 된 자리에 전문 경영인을 배치시키고 당분간
데이빗에게 계속해서 감사를 진행하도록 지시했다.

이로써 AS미디어그룹은 기업 쇄신의 발판을 마련하게 되었
다.

이제 그는 AS미디어그룹과 데이즈를 협력 업체로 연결시키
고 자매결연을 맺어 이미지 쇄신에도 신경을 쓰기로 했다.

AS미디어그룹은 지금까지 제대로 된 방송국 이미지 대신에 무작위 종편에 대한 이미지를 가지고 있었는데, 그것을 쇄신한다는 것은 아주 뜻 깊은 일이었다.

소식을 접한 민지영이 태하에게 전화를 걸어왔다.

─소식 들었어요. 아주 제대로 칼을 대셨던데요?

"그래야 회사가 좀 돌아갈 것 같아서요."

─하지만 삼촌이 가만있지 않을 거예요. 그에 대한 방책은 있어요?

"저는 회사를 계열 분리시켜서 독립된 AS미디어그룹을 만들 겁니다. 걱정할 필요 없어요."

─그래도 어떻게든 타격을 주려고 할 텐데요?

"괜찮습니다. 눈에는 눈, 이에는 이, 저를 적으로 만들고 무사하기를 바라는 것 자체가 어불성설이죠."

─뭐, 그건 그렇지만…….

태하는 대화의 화제를 다른 곳으로 돌렸다.

"그나저나 지금 어디에 있어요?"

─우리는 지금 강원도 삼척에 와 있어요. 며칠 전에 속초를 시작으로 양양, 강릉, 동해를 거쳐 여기까지 왔죠.

"오호라, 꽤 멀리까지 갔는데요?"

─이번에는 제가 직접 차를 가지고 왔거든요. 아무래도 장기 여행에는 차가 필요하겠더라고요.

"제대로 마음먹은 모양이군요?"

─이대로 동해안을 다 섭렵하고 나면 울릉도에 갔다가 곧장 서해로 갈 거예요. 그리고 그 이후엔 내륙을 차례대로 돌아다니고 마지막 제주도를 끝으로 한국 여행을 마무리할 예정이에요.

"꽤나 구체적이군요."

─해외여행을 준비하자니 그에 필요한 경험이 있어야겠더라고요. 그래서 일단 여행 플랜을 짜는 것부터 시작하려고요.

"잘 생각했습니다."

그녀는 기어들어 가는 목소리로 말했다.

─…고마워요.

"뭐라고요?"

─고맙다고요.

"안 들려요. 뭐라고요?"

─다 들리면서 일부러 그러는 거죠?

"큭큭, 어떻게 알았어요?"

─하여간……

태하는 이제 장난은 그만 치기로 했다.

"고마워할 필요 없어요. 당신의 당연한 권리를 누리는 것뿐입니다."

─그래도 고마워요. 누구도 나를 위해 이런 일을 해준 적이

없거든요.

"착하게 살아서 하늘이 도왔다고 생각해요."

―후후, 말이라도 고맙네요.

"아무튼 일이 마무리되면 다시 연락드리겠습니다."

―그래요.

이제 AS미디어그룹을 안정화시켰으니 다른 곳으로 고개를 돌릴 차례라 생각하는 태하이다.

"자, 그럼 나를 죽이고 싶어 이를 바득바득 가는 놈들부터 요리해 볼까?"

태하는 동대문으로 향했다.

7. 암흑가의 여제

동대문 뒷골목 오락실에 태하가 홀로 앉아 있다.

퍽퍽퍽!

—흐어업!

—키헤에에엑!

1996년도에 출시되어 전 세계 횡스크롤 액션 아케이드에 한 획을 그은 '던전 앤 드래곤2 섀도 오브 미스타라'는 태하가 가장 즐겨하는 게임이다.

태하의 학창 시절에 출시된 던전 앤 드래곤은 삼삼오오 친구들을 불러 모아 즐기는 유일한 바깥 활동이었다.

물론 집에서도 충분히 게임기를 구매해서 즐길 수 있었지만 그는 게임의 재미보다도 오락실의 분위기를 즐겼다.

비록 지금은 홀로 게임을 하고 있지만 20년 전만 해도 수많은 친구들과 함께 오락실을 누비던 태하이다.

그런 그에게 감녕이 찾아왔다.

"여기 계셨소?"

"내가 좋아하는 게임이 여기에 있어서 말이지."

"서울 시내에 오락실은 많소만?"

"이 게임이 4인용으로 설치된 오락실은 이곳 딱 한 군데밖에 없어."

"그렇구려."

감녕은 태하의 옆자리에 앉아 동전을 집어넣었다.

"룰을 좀 알려주시오."

"룰은 간단해. 상대방을 때리고 아이템으로 공격하거나 치유할 수 있지. 돈으로 물건도 살 수 있고 정해진 기술표에 따라 기술도 사용할 수 있어."

"흠, 그리 간단해 보이지는 않소만?"

"하다 보면 할 만해. 감녕이 다섯 살배기 꼬맹이는 아니잖아?"

"오히려 꼬맹이라면 이해가 빠르겠지만, 내 나이가 몇인 줄 아시오?"

"그럼 그냥 돈발로 해. 인생 뭐 있어?"

"그래, 그게 가장 빠르겠구려."

태하와 함께 앉은 감녕이 동대문에서의 일에 대해 말했다.

"그녀에 대해 알아보았소."

"꽤 대단한 건달이었나?"

"한마디로 말하자면 뒷골목의 여왕 같은 느낌이라고나 할까? 하여간 수완이 대단한 여자인 것 같소."

"한필교와의 접점은?"

"10년 전에 한필교가 총선을 치를 때 정치 깡패로 활동하면서 연이 닿은 것 같소."

"아니, 21세기에 정치 깡패가 웬 말이야?"

"정치인 입장에서는 깡패들이 입만 다물어준다면 주먹을 쓰는 것이 가장 좋은 방법 아니겠소? 예나 지금이나 법보다 주먹이 가까운 것은 사실이니까 말이요."

"흠……."

60~70년대의 정치 깡패들은 국회의원은 물론이고 정부 각 계각층의 인사와 연루되어 수많은 비리를 저지르고 다녔다.

지금의 국정원인 안기부에서 건달들을 잡다 족치고 그들의 계보를 말살시킨다는 이유로 삼청교육대를 비롯하여 범죄와의 전쟁까지 선포했지만 정치 깡패는 끝까지 살아남아 계보를 이어가고 있었다.

김지현 역시 그 계보의 중심에 있는 사람으로, 뒷골목 상권을 보장받는 조건으로 해결사 노릇을 하고 있음이 분명했다.

"목포의 독사가 허수아비처럼 이용당하긴 했지만 그들 역시 정치 깡패였소. 다만 자신들이 별다른 이득을 보지 못해서 그렇지."

"박춘태와 박평식, 더 나아가선 박정일까지 독사를 돌려쓰곤 버리는 카드로 사용했으니 정치 깡패가 맞긴 맞지."

"그렇소. 정치 깡패는 그런 존재요. 하지만 김지현은 확실히 그들과는 다른 사람이오. 한 번 쓰고 버리는 카드가 아니라 한필교의 오른팔로서 대우를 받고 있다는 소리요."

"한필교의 오른팔이라……."

"그렇다면 이들의 뿌리부터 뽑자면 누구를 먼저 족쳐야 하느냐, 그것은 바로 김지현이오. 그리고 그 이후에 박씨 일가를 없애고 한필교를 겨냥해야 할 것이오."

"좋아, 그렇다면 김지현부터 잡아들이기로 하지."

"하지만 그녀는 워낙 비밀스럽게 움직이기 때문에 꼬리를 잡기가 쉽지 않을 것이외다."

"세상에 쉬운 일이 어디 있나? 잡아 족치다 보면 뭔가 하나는 나오겠지."

태하는 그에게 김지현의 주변 인물에 대해 물었다.

"아무리 대쪽 같은 여자라고 해도 혼자 움직일 수는 없을

터, 누군가 조력자가 있겠지?"

"안 그래도 그쪽으로 조사를 좀 해왔소."

"역시 감녕은 행동이 빨라서 좋아."

"후후, 이 업계에 오래 있다 보니 하기 싫어도 그렇게 되더이다."

그가 건넨 프로필을 받은 태하는 안의 내용을 천천히 살펴보았다.

"만다린파라…… 어디에 근거를 둔 건달이지?"

"전국구라서 어디에 근거를 두었다고 하기엔 애매하다고 해야 할 거요. 서울, 경기는 물론이고 충남까지 손을 뻗치고 있으니 말이오."

"음, 이 좁은 대한민국 바닥에 건달이 이렇게 많았다니, 미처 몰랐던 사실이군."

"한국은 업계가 좁은 만큼 진입 장벽이 높은 편이오. 하지만 한 번 자리를 잡으면 그 세력을 확장하기 좋은 구조라 할 수 있소. 건달들이 필요한 업계가 생각보다 많으니 말이오."

태하는 감녕이 건네준 프로필에서 한 사람을 지목했다.

"행동대장 중에서 가장 똘똘해 보이는 이놈, 이놈을 잡자고."

"지형도 말이오?"

"적당히 차갑고 뭔가 날카로운 느낌이군."

"듣기론 조직 최고의 해결사라고 하던데, 아마 이 해결사 집단의 에이스인 것이 분명하오."

"이놈의 소재를 파악할 수 있겠어?"

"한 이틀이면 꼬리를 잡을 수 있을 것 같소."

"좋아, 이틀 후에 내가 직접 작업할게."

"알겠소."

감녕은 이내 자리에서 일어섰고, 태하는 혼자서 게임의 최종 스테이지까지 클리어 했다.

*　　*　　*

충청남도 천안의 클럽 '넥서스' 앞, 지형도의 검은색 스포츠 카가 달려와 멈추어 선다.

끼이이이익!

철컥.

문을 열고 밖으로 나온 그를 향해 수많은 조직원이 쏟아져 나와 고개를 숙였다.

"나오셨습니까, 형님!"

"그래, 별일 없나?"

"예, 형님! 요즘 들어 아주 장사가 잘됩니다! 형님의 전략대로 나이 제한을 두니 확실히 수질이 살아나는 것 같습니다!"

"그래, 어린놈들은 어린놈들이 노는 곳으로 가야지. 언제부터 나이트클럽에 요상한 춤을 추는 애송이들이 들끓었어?"

지형도는 각 시도에 있는 나이트클럽의 입장 연령을 24세 이상으로 올리고 입구에서 출입 제한을 걸도록 지시했다.

나이트클럽의 특성상 나이가 어린 20대 초반의 남자나 여자들은 부킹에 성공할 확률이 적기 때문이다.

그나마 여자들이 어리면 남자들이 좋아하긴 해도 여자들이 막상 술만 마시고 도망가는 사례가 많아서 그 역시 연결이 쉽지 않았다.

또한 요즘 나이트클럽은 여자들도 꽤 돈을 많이 쓰기 때문에 연배가 엇비슷한 사람들을 데려다 놓아야 장사가 잘되었다.

결국 그가 관리하는 나이트클럽이 힙합클럽이나 일렉트로닉 클럽 등이 장악한 밤 문화의 틈바구니를 비집고 성공한 것이다.

그는 나이트클럽 안으로 들어가 사람들의 숫자를 세어보았다.

쿵쾅, 쿵쾅!

시끄러운 사이키조명 사이로 춤을 추는 사람들 때문에 스테이지는 이미 만원이었고, 여기저기로 끌려 다니는 여자들은 남자와의 즉석 만남 때문에 바쁜 시간을 보내고 있었다.

오늘은 사람이 꽤 많아서 그런지 남자가 여자의 테이블로 끌려가 부킹에 동원되는 모습도 심심치 않게 보였다.

"좋아, 좋아. 이 정도면 매출이 꽤 나오겠어."

24세 이상의 남녀를 주 고객으로 삼은 것은 연령대를 맞추려는 목적 때문만은 아니었다.

사회생활을 제대로 하는 사람들이야말로 돈을 제대로 쓸 줄 알기 때문이다.

기왕지사 하루 노는 김에 제대로 놀자는 주의의 회사원들을 적당히 꿰어내 분위기만 만들어주면 돈은 알아서 줄줄이 딸려 나오게 되어 있다.

지형도는 조직원들을 입구에 놓아둔 채 웨이터들의 근무 태도를 시찰하기로 했다.

"언니, 저기 죽이는 오빠들 많아~"

"아이참, 안 간다니까 그러네?"

"좋은 날에 이렇게 쫙 빼입고 안 놀 거야? 누가 잡아먹는데? 마음에 안 들면 그냥 나오면 되요. 알겠지?"

"알겠어요."

말로 사람을 구슬리는 웨이터들이 부킹에 혼신의 노력을 기울이는 모습은 그를 흐뭇하게 만들었다.

"요즘 교육 좀 시킨다고 하더니 애들 상태가 아주 좋군."

아주 만족스러운 얼굴로 나이트클럽 안을 시찰하던 그는 한 웨이터에게 팔을 붙잡혔다.

"아이고, 형님, 짝 있으세요?"

"…뭐?"

"없으면 이쪽으로 좀 와주세요! 이것 참, 짝이 안 맞아서 여자들이 아주 난립니다! 그냥 살짝 다리만 걸치면 저절로 조인 완성이에요! 어때요? 구미 당기죠?"

나이트클럽 사장에게 부킹을 가라니, 이것 참 어처구니없는 일이 아닐 수 없다.

그의 부하들이 멀리서 그 광경을 지켜보곤 한달음에 달려왔다.

"저런 미친……!"

"아니, 그만."

"혀, 형님?"

"술 한잔 마시자는데 뭐 그렇게 비싸게 굴어? 나도 나이트클럽 직원이다. 가서 공짜 술 좀 마시다 오지, 뭐."

"예, 형님! 함께 가시지요!"

웨이터의 손이 이끌려 3층 VIP룸으로 올라간 지형도는 언뜻 스치는 거울에 자신의 모습을 비춰보았다.

'좋군.'

평소에 외모와 몸매 관리에 상당한 노력을 기울이는 지형도이기 때문에 오히려 웨이터나 호스트보다 훨씬 외모가 수려한 편이었다.

더군다나 요즘은 나이를 먹어서 그런지 아주 진한 남자의 냄

새까지 풍기고 있었다.

아마 그가 룸으로 들어가면 여자들이 꽤 좋은 반응을 보일 것이다.

철컥.

룸의 문을 연 웨이터가 요란스럽게 그를 소개했다.

"자, 손님 오셨습니다!"

"으음, 저놈이 바로 그 지형도인지 지도인지 하는 놈이야?"

"……?"

여자들이 짝이 안 맞아 난리를 피웠다는 말을 듣고 따라와 보니 온통 남자뿐인 상황이다.

지형도는 이게 도대체 무슨 상황인지 가늠할 수 없었다.

"…뭐야? 뭐가 어떻게 된 거야?"

바로 그때, VIP룸의 문이 닫혔다.

쿵!

그제야 지형도는 자신의 업장에서 덫에 걸렸다는 사실을 깨달았다.

"미친놈들이군. 이곳이 어디인 줄 알고 이런 미친 짓을 하는 것이냐?"

"잘 알지. 만다린인가 뭔가 하는 양아치들 소굴 아니야?"

"…죽고 싶은 모양이구나."

지형도는 자신을 노려보고 있는 네 명의 사내 앞에 회칼을 꺼내놓았다.

스릉.

"여기서 사람 몇 죽는다고 해도 잘못될 것 없다. 이곳은 완전 방음에 밖에선 문이 열리지 않거든."

"알아. 그래서 화장실이 두 개나 있고 푹신푹신한 소형 침대도 구비되어 있는 것이겠지."

"그 침대가 네 관짝이 될 것이다."

지형도는 더 이상 입을 열지 않고 행동으로 모든 것을 보여주기로 했다.

파밧!

뒷골목 건달 생활과 해군 특수부대 생활로 터득한 싸움의 기술은 그를 건달계의 전설로 만들어주었다.

하지만 그런 그의 전설은 오늘 이곳에서 끝날 모양이다.

"이런, 무식하면 용감하다더니 정말인가 본데?"

"사부님, 제가 처리할까요?"

"아니다. 내가 할게."

지형도가 노린 사내는 아주 무심한 표정으로 손을 뻗었다.

슉!

퍼엉!

"크헉!"

"이래서 하룻강아지가 범 무서운 줄 모른다는 거야. 뭘 알아야 제 상황이 어떤지 알지."

사내는 그에게로 다가와 오른손으로 멱살을 쥐었다.

꽈득!

놀랍게도 그는 너무나도 가볍게 80㎏에 육박하는 근육질의 지형도를 들어 올렸다.

"캐, 캑!"

"듣자 하니 네가 김지현인가 뭔가 하는 년의 기둥서방이라면서?"

"……!"

그는 보스의 이름을 더럽히는 그의 조롱에 발버둥을 치기 시작했다.

"…죽인다!"

"아아, 기둥서방이 아니라 짝사랑이었어? 하긴, 조직에 남자가 한둘이어야지. 기둥서방 해주기엔 경쟁자가 너무 많지?"

"크아아아아아악!"

표독스러운 눈으로 손발을 내젓는 그에게 사내가 말했다.

"너에게 선택지를 줄게. 여기서 쳐 맞아 죽을래, 아니면 나랑 정정당당하게 싸워서 이겨볼래?"

"…오냐, 싸우자! 네놈을 아주 보기 좋게 죽여주겠다!"

"그래, 좋아. 싸움의 장소는?"

"나이트클럽 옥상이다!"

"뭐, 나는 스테이지 위에서 싸워도 좋은데? 구경꾼들이 많잖아?"

"…올라가자."

"후후, 그래, 가자고."

지형도는 룸에서 나와 나이트클럽 옥상으로 향했다.

*   *   *

나이트클럽 옥상으로 올라가는 길, 수많은 조직원들이 그를 죽일 듯이 노려보고 있다.

"…형님, 말씀만 하시지요. 확 배를 따버리겠습니다!"

"가만히 있어라. 내 싸움이다."

태하는 이 싸움에서 자신이 당연히 이길 것임을 알고 있다. 그럼에도 불구하고 이런 쇼를 벌이는 것은 모두 지형도의 입을 열도록 만들기 위함이다.

지형도는 김지현에게 충성 그 이상의 감정을 가지고 있는 것으로 보였다.

방금 전, 김지현을 욕하는 태하를 바라보던 지형도의 눈빛에서 그 모든 것을 간파할 수 있었다.

'정말로 기둥서방이 되고 싶은 욕심이 있던 모양이군. 좋아, 그 욕심이 얼마나 충성스러운지 한번 보겠어.'

태하는 옥상으로 올라온 지형도에게 손가락을 까딱거렸다.

"덤벼라."

"…병원비는 서로 청구하지 않기로 하지."

"네 병원비는 꽤 많이 나올 텐데?"

"그 자만심으로 가득 찬 얼굴을 피범벅으로 만들어주마!"

지형도는 양쪽 손에 모두 회칼을 쥐고 그것을 무기 삼아 아주 빠르게 쇄도해 들어왔다.

파바밧!

하지만 태하는 가만히 서서 멀뚱멀뚱 그를 쳐다볼 뿐이다.

"뭐야? 저놈 쫄았나?"

"큰소리 뻥뻥 치더니 결국엔 칼 앞에서 무릎을 꿇은 것이지."

조직원들은 보스가 어중이떠중이를 한 방에 보내 버릴 것이라고 믿어 의심치 않고 있었다.

그러나 태하의 일행인 우태와 제프는 오늘도 역시 한바탕 피바람이 불 것이라고 생각했다.

"뒤처리는 하지 않아도 되는 것이지?"

"물론. 사부님께서 저놈들을 다 족치면 뒤처리는 저놈들 조직에서 알아서 할 것이다."

"그럼 우리는 편하게 관람이나 하다가 가자고."

"좋지."

태하는 구경꾼들에게 아주 임팩트 있는 장면을 보여주기 위해 일부러 자체 특수효과를 내기로 했다.

"마권장!"

<u>츠츠츠츠츠츠!</u>

붉은색 진기가 모여든 주먹을 전방으로 스윽 뻗자, 태하의 몸에서 붉은색 진기의 폭발이 일어났다.

콰앙!

"크허억!"

"쿨럭쿨럭!"

진기의 폭발로 인해 지형도는 물론이고 그 부하들까지 모조리 피해를 입고 말았다.

한마디로 그의 손이 닿는 곳에는 언제나 피가 맺힌다는 소리였다.

"이, 이놈, 도대체 뭐 하는 놈이야?"

"쿨럭쿨럭! 형님, 경찰에 신고를 하는 편이 좋지 않을까요?"

"…시끄럽다! 이놈은 내가 죽인다!"

다시 자리를 박차고 일어서는 지형도, 이것은 분명 충성심보다는 사랑의 힘으로 일어나는 기적임이 분명했다.

"순애보가 아주 인상적이군. 잘하면 열부상을 받겠어?"

"…죽인다!"

태하는 다시 돌입해 들어오는 지형도를 발로 툭 밀었다.

퍽!

"크윽!"

볼썽사납게 바닥을 나뒹구는 그 모습에 조직원들의 얼굴에 안타까움이 어렸다.

"…형님!"

"나서지 마라! 내 싸움이다!"

"쯧, 여자 하나 때문에 이게 무슨 난리야? 애초에 그 여자는 너를 남자로 생각해 주지도 않잖아?"

"뚫린 주둥이라고 함부로 나불대면 죽는다!"

스릉!

끝까지 칼을 손에서 놓지 않는 그의 패기는 가히 무인의 것이라고 해도 손색이 없을 정도였다.

하지만 패기나 오기는 너무 심하게 부리지 않는 것이 신상에 이롭다.

툭툭!

다시 일어선 그의 혈도를 누른 태하는 지형도의 몸을 마비시켜 버렸다.

"으, 으흡!"

"잘 봐라. 네가 억지를 부리면 주변 사람들이 어떻게 되는지 말이다."

이윽고 태하는 본격적으로 남아 있는 조직원들을 두들겨 패기 시작했다.

퍽퍽퍽, 빠악!

"끄아악!"

"내, 내 갈비뼈가 부러진 것 같아!"

"사, 살려줘!"

바닥에 납작하게 누워 있는 사람을 몽둥이로 두들겨 패는 것은 빗자루로 마당을 쓰는 일보다 간단했다.

마치 추풍낙엽처럼 좌우로 굴러다니며 매를 맞는 부하들의 모습을 지켜보는 지형도의 마음이 서서히 무너져 내렸다.

"우, 우우우, 우읍!"

"왜? 네 부하들이 너무 맞아서 마음이 좋지 않아?"

"……!"

"그래, 마음이 좋지 않겠지. 좋아, 잘 들어. 네 부하들이 이렇게 맞는데 네 보스라고 그렇게 되지 말라는 법 있나?"

태하는 근처에 있던 몽둥이로 지형도의 가슴과 복부를 쿡쿡 찌르면서 말했다.

"어때? 움직일 수가 없지? 아마 네 보스라는 년도 이렇게 아무런 반항도 할 수 없을 것이다. 그런 상태에서 한 20명의 남자들에게 둘러싸이면 어떻게 될 것 같아?"

"우, 우우, 우우!"

"많이 아프겠지? 그렇지?"

지형도의 눈동자는 이미 실핏줄이 다 터져서 새빨갛게 물들어 있었고, 정신 상태 역시 오락가락하는 것 같았다.

하지만 단 하나, 그녀를 걱정하는 마음만큼은 변하지 않았다.

"너에게 기회를 주겠다. 지금 당장 그녀를 데리고 한국을 떠나라. 물론 그냥 보내주는 것은 아니야. 네 조직이 박평식 의원과 한필교 의원 등과 유착관계에 있었다는 사실을 증명하는 물증을 내어놓아야 할 것이다. 그렇지 않으면 네 사랑이 아주 색다른 경험을 하게 될 거야."

"……"

이윽고 태하는 그의 막힌 혈도를 점혈로 풀어주었다.

툭툭!

그러자 지형도가 자리에서 일어나 그에게 물었다.

"…원하는 것이 그뿐이냐? 그것이면 나와 형님을 다시는 건드리지 않을 테냐?"

"나란 사람은 아주 소박한 것을 즐겨. 다른 것은 바라는 것 없어."

"좋아, 네가 시키는 대로 하겠다. 하지만 이번 일이 끝난 후에 불어 닥칠 후폭풍은 네가 감당해야 할 것이다."

"니 꼴리는 대로 하세요. 뒤처리 부탁한 적 없으니까."

태하는 우태와 제프를 데리고 나이트클럽을 나섰다.

　　　　　*　　　　　*　　　　　*

　늦은 밤, 경기도 양평에서 한필교 의원과 술자리를 갖고 있
던 김지현에게 전화가 걸려왔다.

　따르르르릉!

　[지형도]

　한필교는 벌거벗은 채로 여자들의 나체를 주무르고 있다가
김지현에게로 고개를 돌렸다.

　"김 실장, 누구야? 이 시간에 전화 걸어올 사람도 있나?"

　"…부하입니다."

　"그럼 받아야지. 조직에 큰일이 벌어진 것 아니야?"

　"아닙니다. 괜찮습니다."

　"으음, 아니야. 김 실장, 원래 조직 관리 그렇게 허술하게 하
는 사람 아니잖아? 괜히 나 때문에 그럴 필요 없어. 그럼 내가
불편해."

　"예, 그럼……."

　그녀는 벌거벗은 상태로 양평의 별장 뒤뜰로 향했다.

　"뭐야? 이 시간에 웬 전화야?"

　―형님, 지금 어디십니까?

　"어디긴, 오늘 한 의원님과 술자리가 있는 것을 몰랐나?"

　―그럼 양평이겠군요.

"그렇다."

—…예, 잘 알겠습니다. 술자리 끝나면 연락해 주십시오. 제가 수행하겠습니다.

"뭐? 네놈은 지금 천안에 있지 않나?"

—가게를 일찍 정리하고 그쪽으로 가는 길입니다.

그녀는 고개를 갸웃거렸다.

"네가 가게를 일찍 접었다고?"

—예, 형님. 저는 비즈니스보다 형님이 더 중요한 사람입니다. 먼 길을 오실 텐데 제가 수행해야지요.

"거참, 안 하던 짓을 한다니 내 기분이 다 이상하군."

—안 하던 일이긴요. 제가 형님의 중, 고등학교를 다 따라다니지 않았습니까?

"그거야 아버지가 살아 계실 때의 얘기고."

—아무튼 그곳에 계십시오. 제가 가겠습니다.

그녀는 지형도가 온다는 소리에 거울부터 들여다보았다.

"…아직 술자리가 한참 남았어. 한두 시간 있다가 출발해."

—예, 알겠습니다.

거울에 비친 자신의 모습을 바라보던 김지현은 씁쓸한 미소를 지었다.

"…이게 무슨 짓이냐? 돈 벌기 참 힘드네."

성공을 위해 자신의 여성성도 버리고 사람으로서의 도리까지 저버린 그녀이다.

하지만 오늘따라 어쩐지 씁쓸한 입맛을 지울 수가 없었다.

*   *   *

두 시간 후, 정말로 지형도가 차를 끌고 양평까지 직접 달려왔다.

그녀는 방금 샤워를 마치고 나와 머리가 촉촉하게 젖어 있는 상태였다.

"가지."

"예, 형님."

화장기가 전혀 없는 얼굴에 술기운으로 인해 살짝 붉어진 그녀의 얼굴이 어쩐지 따끈따끈해 보인다.

지형도는 그녀에게 숙취해소제를 건넸다.

"요즘 술자리가 많으신 것 같더군요. 한 잔 하시지요."

"그래, 고맙다."

숙취해소제를 마신 그녀에게 지형도가 물었다.

"오늘도 그 빌어먹을 놈이 합석을 시켰습니까?"

"…인생이 다 그런 것 아니겠나?"

"그렇군요."

지형도의 침울한 표정을 바라보는 김지현의 얼굴이 살짝 일

그러졌다.

"뭐야? 오늘따라 왜 그렇게 저기압이야? 도박장에서 집문서라도 날린 표정이군."

"후후, 그냥 좀 울적합니다. 어쩌다 우리가 여기까지 왔나 싶기도 하고 말입니다."

"…무슨 말이 하고 싶은 거냐?"

"형님이 되지도 않는 동성애자 흉내나 내면서 저 미친 자식의 비위를 맞춘다는 것이 못내 속상하단 말입니다."

순간, 그녀가 발로 그의 운전석 시트를 걷어찼다.

퍼억!

"이 새끼가 미쳤나? 너 오늘 도대체 왜 이래? 죽고 싶어?"

"…그냥 그때 양아치들에게 얻어맞아 죽을 걸 그랬습니다. 괜히 아가씨의 눈에 띄어서 못 볼 꼴을 너무 많이 보는군요."

"……."

그녀는 잠시 흥분한 마음을 차분히 가라앉혔다.

"…뭐야? 도대체 오늘 무슨 일이 있었기에 이런 미친 짓을 하는 건데?"

"카미엘 엑트린이라는 놈이 저를 찾아왔습니다."

"뭐라? 카미엘?"

"그놈 한 놈에게 우리 조직원들이 다 쓸리고 저는 돌처럼 딱딱하게 굳어 그들이 두들겨 맞는 것을 구경할 수밖에 없었습니다. 그놈, 우리가 어떻게 해볼 수 있는 놈이 아닙니다."

"무슨 말이 하고 싶은 거야?"

"…저와 함께 미국으로 가시죠. 미국에 있는 큰아가씨 집에서 옹기종기 모여서 살면 최소한 그런 괴물 같은 놈에게 갈가리 찢기는 일은 없을 겁니다."

"……."

그녀는 지형도에게 아주 낮은 목소리로 말했다.

"차 세워."

"형님?"

"차 세우라고!"

"죄송합니다만, 그렇게 못하겠습니다."

"뭐? 이런 개자식이!"

지형도는 자동차전용도로도 아닌 2차선 도로에서 가속 페달을 꾹 밟아 시속 200㎞를 넘나들었다.

부아아아아앙!

"미, 미쳤어? 죽고 싶어서 환장한 거야?"

"…이대로 가다간 어차피 다 죽을 겁니다. 하지만 여기서 아가씨와 함께 죽는다면 최소한 행복하긴 하겠죠."

"지형도! 미쳤어? 차 세워! 빨리!"

순식간에 지나치는 풍경과 점점 가파르게 올라가는 속도 게이지의 바늘이 그녀의 오금을 저리게 만들었다.

하지만 그는 차를 세우지 않았다.

"아가씨, 저와 함께 미국으로 가시죠. 거기서 다시 시작하는 겁니다. 아가씨를 여자로 생각해서 이러는 것 아닙니다. 단순히 회장님의 은덕에 보답하기 위해서 이러는 겁니다."

"…뭐?"

"만약 아가씨가 단순히 여자로 보였다면 억지로 보쌈을 해서 데리고 갔을 겁니다. 하지만 아닙니다. 저는 아가씨를 회장님께 진 빚을 갚는다는 생각으로 보필해 왔습니다. 지금도 그 생각은 변함이 없고 앞으로도 그럴 겁니다."

"……."

딱딱하게 굳은 표정의 그녀가 축 늘어져 시트에 몸을 기댔다.

"그래, 마음대로 해. 밟아서 죽든 말든 네 마음대로 하라고."

"아가씨……."

"마음대로 하라고!"

그제야 그는 갓길에 차를 세웠다.

끼이익!

그리고 차에서 내린 그녀는 무작정 어둠 속으로 걸어갔고, 지형도는 말없이 그녀의 뒤를 따랐다.

8. 두 사람 I

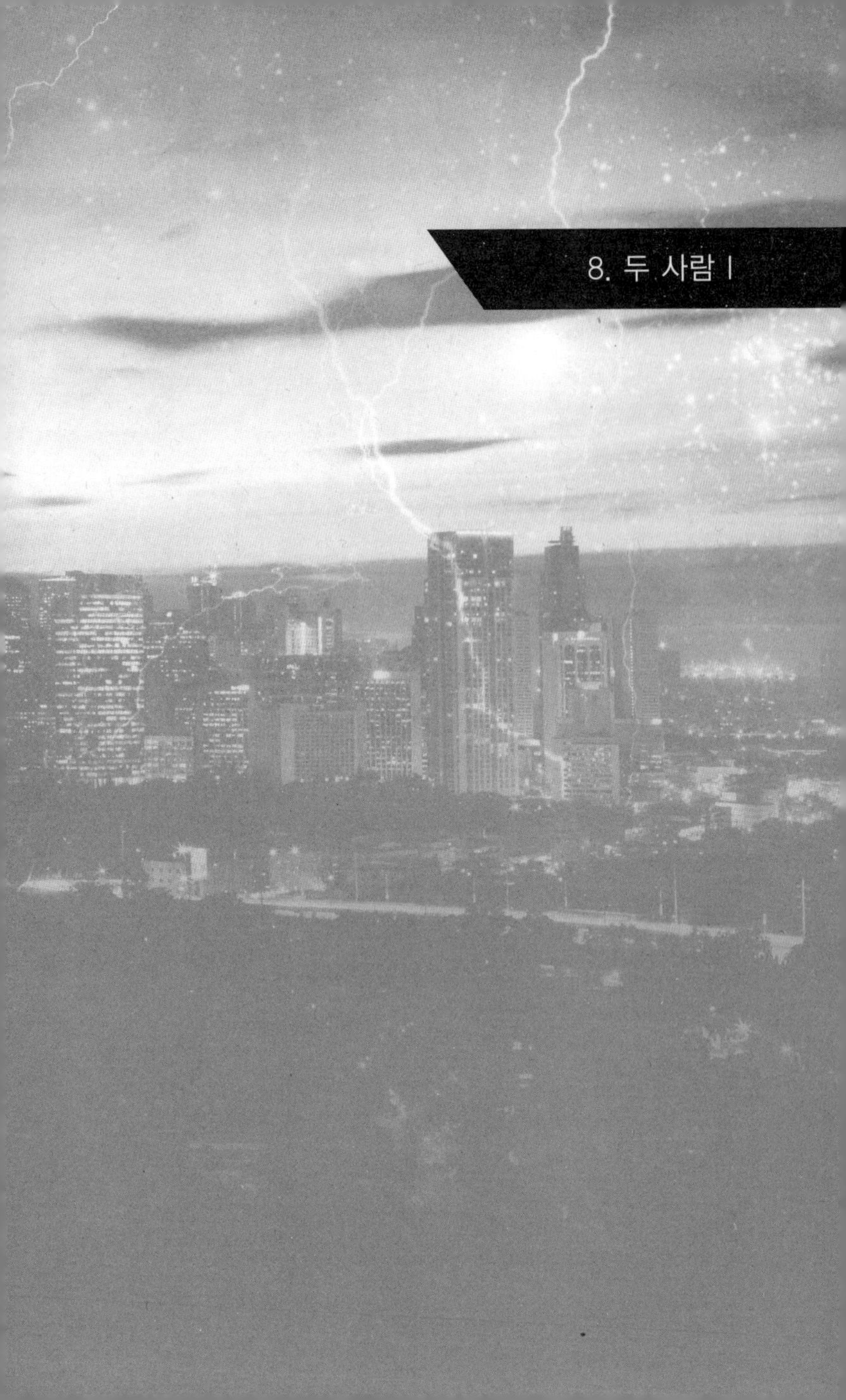

　어둠 속을 걷고 또 걷던 지형도와 김지현은 약수터가 있는
공원에 닿았다.

　쏴아아아!

　시원한 약수를 한껏 들이켠 김지현이 술이 좀 깨는 듯 고개
를 뒤로 젖혔다.

　"아아, 살 것 같네."

　"그놈의 의원이 술을 너무 많이 먹인 것 아닙니까?"

　"…네가 무슨 상관이야?"

　상당히 까칠해진 그녀를 두고 지형도는 괜히 딴소리를 했다.

"별이 참 많군요."

"자신에게 불리하면 말을 돌리는 것은 여전하군."

"사람이 쉽게 변하면 못쓰는 겁니다."

"하긴, 그게 네 매력이긴 했어."

두 사람은 공원 정자에 누워 하늘에 떠 있는 별을 바라보았다.

"와, 진짜 별이 많긴 많구나. 지금까지 이곳을 꽤 많이 오간 것 같은데 왜 한 번도 별을 바라본 적이 없지?"

"이렇게 느긋하게 하늘을 바라볼 시간이 별로 없었으니까요. 지금까지 우리가 그렇게 살아온 겁니다."

"그래, 확실히 여유가 없었지."

그녀는 자신이 이 길을 걷기 전을 회상해 보았다.

"아빠가 살아 계셨을 때가 기억나. 그때의 넌 지금보다 훨씬 더 순수하고 귀여운 면이 있는 소년이었는데 말이야."

"그때의 아가씨도 충분히 귀여웠습니다."

"…거짓말."

"정말입니다. 특히나 발레 수업을 끝내고 나오는 그 모습은 귀여우면서도 청순했지요."

김지현의 눈동자에 아련함이 스친다.

"그래, 네가 자전거로 매일 나를 데리러 온 것이 생각나. 그 낡은 자전거 안장 좀 바꾸라고 몇 번을 얘기해도 바꾸지 않았는데 말이야."

"후후, 그랬지요. 그때의 저는 아직 조직에서 심부름이나 하던 위치였습니다. 남들처럼 정통건달도 아니고 그냥 길거리에서 회장님이 주워온 깍두기 같은 처지였지요."

"하지만 나는 그때의 네가 좋았어. 뭔가 어설픈데 건달처럼 굴어서 매력이 있었다고 해야 하나?"

"아가씨는 취향이 독특하시군요."

"그런 소리 많이 들어. 특히나 요즘은 더더욱 그렇지."

지형도는 안타까움에 가슴을 두드렸다.

"…다 저 때문입니다. 제가 조금만 더 대범하게 처신했어야 하는데 말이죠."

"네 탓 아니야. 어차피 조직은 정통 계보가 아니면 이끌 수 없었어."

"……."

그녀는 과거를 회상했다.

*　　　　*　　　　*

늦은 여름 밤, 억수처럼 비가 내리고 있다.

솨아아아아아!

서울 대한병원 중환자실에 누운 만다린파의 보스 김완구의 병실 창문에도 연이어 빗줄기가 맺히고 있다.

"흑흑, 아빠!"

"…울지 말거라. 네 엄마 따라 조금 일찍 떠나는 것뿐이니까."

보름 전, 상대편 조직원의 습격을 받아 복부를 마흔 방이나 찔린 김완구는 장기가 모두 끊어지고 폐가 너덜너덜해져 더 이상 생명을 연장할 수 없는 지경에 이르렀다.

그는 무려 보름 동안이나 죽음과 사투를 벌이다 지금 잠시 정신을 차려 두 딸과 대화를 나누고 있는 것이다.

기적이라고 해야 할까, 아니면 회광반조라고 해야 할까?

가까스로 정신의 끈을 붙잡은 그는 두 딸의 손을 꼭 붙잡았다.

"지현아, 수현아, 이 애비가 평생 못 볼 꼴만 보이다가 이렇게 추한 모습으로 가는구나."

"…그런 말 하지 말아요!"

"흑흑, 아빠가 왜 죽어? 아빠는 안 죽어! 아빠는 슈퍼맨 친구라면서!"

김완구는 씁쓸하게 웃는다.

"후후, 슈퍼맨이 친구라고 했지 아빠가 슈퍼맨이라고 한 적은 없는 것 같은데?"

"흑흑, 그게 그거지!"

그는 죽기 직전까지 귀여운 소리만 해대는 둘째 딸의 얼굴을 바라보며 눈물짓고 말았다.

"…미안하다. 이 아비가 너희들을 두고 먼저 떠나서."

"흑흑, 아빠!"

김완구는 자신의 오른팔이자 조직의 후계자인 조카 김현수를 불렀다.

"…현수야."

"예, 삼촌!"

"네 아버지가 나보다 먼저 떠나 내가 너를 잘 못 돌본 죄가 크지만, 이렇게 장성한 네 모습을 보니 염치없는 미소가 피어나는구나."

"…왜 그런 말씀을 하십니까? 삼촌이 저를 아들처럼 키운 것은 누구나 다 아는 사실인데요."

김완구는 형 김완수가 젊어서 요절한 후 그 아들을 거두어 자신의 호적이 입적시키고 친아들로 키워왔다.

다만 형의 유언대로 그 아들을 조직의 보스로 키우는 것이 못내 마음에 걸린 김완구였다.

그는 양아들이자 조카 김현수를 가까이 불렀다.

"이리……."

"예, 삼촌."

"…내가 지금까지 너를 조직의 보스로 키우느라 따뜻한 말

한마디 못한 것이 너무 미안하구나."

"자꾸 왜 이러십니까."

"그래서 말인데, 네가 굳이 조직의 계보를 잇지 않아도 나는
아무런 불만이 없단다."

"……"

"어차피 내 재산은 너희들에게 미리 배분시켜 놓았으니 그것
을 가지고 네 살길을 도모해도 괜찮아. 너 역시 건달로서 생을
마감하지 않아도 된다는 소리다."

그는 고개를 가로저었다.

"아닙니다. 제가 약해지면 두 동생은 누가 돌봅니까?"

"…아니다. 네가 생각을 바꾼다면 외국으로 떠나 행복하게
살아. 그게 내 마지막 유언이다."

"삼촌……"

잠시 후 그의 얼굴에 핏기가 급격하게 사라지기 시작했다.

삐빅, 삐빅!

"삼촌!"

"허어어억!"

"아빠! 흑흑!"

김현수는 주치의를 불러 처치를 부탁했다.

"의사 선생! 여기 좀 와봐요! 삼촌이 이상하단 말입니다!"

"…맥박이 불안정합니다! 호흡이 점점 힘을 잃어가요!"

"말만 지껄이지 말고 좀 어떻게 해보란 말이야!"

잠시 후, 의사가 손을 쓰기도 전에 김완구는 끝내 숨을 거두고 말았다.

"아아……."

삐이—

"큰형님!"

"흑흑, 아빠!"

김현수는 싸늘하게 식어버린 김완구의 손을 붙잡고 그 자리에 멈추어 서 있었다.

*　　　　*　　　　*

3년 후, 김현수는 아버지와 숙부의 유언에 따라 조직의 보스로서 군림하고 있었다.

그는 아버지에게서 물려받은 건달 유전자를 유감없이 발휘해 조직을 건사하며 두 여동생을 돌보는 것도 잊지 않았다.

조금 늦은 오후, 김현수가 두 동생이 다니는 중, 고등학교 앞에 서 있다.

후두두둑.

"제길, 오늘 같은 날에 웬 비람?"

"가는 날이 장날이라더니 정말인가 보네."

그는 자신의 곁에 서 있는 약혼녀 찬미를 바라보며 머쓱하니 웃었다.

"이런, 오늘 바비큐 파티를 괜히 잡았나 봐."

"일기예보를 믿은 우리가 바보지. 그나저나 아가씨들이 실망하지 않았으면 좋겠네. 오랜만에 여행이라고 한껏 들떠 있는데 말이야."

"뭐, 어쩔 수 없지."

잠시 후, 횡단보도 맞은편에 지현, 수현 자매가 나타났다.

"어? 언니!"

"와아, 찬미 언니다!"

"후후, 그래, 어서 와!"

어린 시절부터 함께 자란 찬미는 두 자매를 자신의 여동생처럼 아끼고 보살펴 왔다. 그리고 최근에는 소꿉친구이던 현수와 연인 사이로 발전하여 결혼을 약속한 상태였다.

이제는 한 가족이라는 생각에 한껏 사랑이 가득한 네 사람이었다.

"천천히 와! 비 오잖아!"

"뭐라고?"

"비가 오니까 천천히……!"

세 여자가 횡단보도를 사이에 둔 채 대화를 나누던 찰나, 신호등이 녹색으로 바뀌었다.

그러자 가장 먼저 수현이 길을 건넜다.

"언니!"

"호호, 수현아!"

바로 그때, 저 멀리서 검은색 승용차 두 대가 달려왔다.

부아아아아아앙!

순간, 위험을 감지한 현수가 가장 먼저 횡단보도로 달려갔다.

"안 돼!"

"꺄아아악!"

끼이이이이익!

현수는 즉각적으로 반응했지만 사고를 막을 수는 없었다.

콰앙!

와장창!

"꺄아악! 언니! 수현아!"

"아, 안 돼!"

현수와 지현이 두 사람을 동시에 안아 들었다.

"쿨럭쿨럭!"

"차, 찬미야!"

"…현수야, 미안해……."

털썩.

그녀는 분수처럼 각혈을 해대며 사고 3초 만에 세상을 떠나고 말았다.

이제 현수는 정신을 가다듬고 숨이 붙어 있는 수현을 바라보았다.

"수현아, 정신 차려!"

"……"

"흑흑, 오빠! 우리 수현이 어떻게 해?"

"어떻게 하긴, 의사에게 데리고 가야지! 어서 119에 신고해! 빨리!"

"으, 응!"

그녀가 전화기를 꺼내려는 바로 그때, 현수의 등으로 동시에 네 개의 칼이 날아왔다.

서걱, 서걱!

"으윽!"

"오, 오빠?"

현수는 동물적인 감각을 발휘하여 자신의 등에 칼을 꽂은 사내들을 향해 반격을 시도했다.

퍼억!

"으헉!"

"이런 괴물 같은 새끼! 등에 칼을 꽂고도 싸워?"

"제기랄! 어떻게 할까요?"

"뭘 어째? 죽여!"

"예!"

현수는 자신의 마지막 행복을 망친 그들을 바라보며 이를 갈았다.

"…오늘 내가 죽어도 네놈들은 그냥 살려두지 않겠다!"

"큭큭, 그래? 마음대로 안 될 텐데?"

잠시 후, 두 대의 차에 나누어 타고 있던 사내 여덟 명이 동시에 쏟아져 나와 현수에게 달려오기 시작했다.

스릉!

현수는 자신의 주머니에서 숙부가 남긴 회칼을 꺼내 들었다.

"그리 간단하지는 않을 것이다!"

그는 자신을 향해 달려드는 적들의 칼을 온몸으로 맞으며 칼을 휘둘렀다.

서걱, 서걱, 서걱!

"크윽, 죽어라!"

푸욱!

"쿨럭!"

"지독한 새끼!"

베이고 찔려 피가 나는 엄청난 살육의 현장, 그 살육의 현장에서 한 사내가 빠져나와 지현의 목에 칼을 겨누었다.

척!

"어, 어어……!"

"네년이 현수 새끼의 여동생이구나! 큭큭, 살결이 야들야들한 것이 아주 마음에 들어!"

"사, 살려주세요!"

"웅, 당연히 살려줘야지. 하지만 그전에 내가 해야 할 일을 할 거다!"

그는 지현의 손과 발을 케이블 타이로 묶은 후 그녀를 차에 태웠다.

"지현아! 이런 개새끼들!"

"…어딜 가느냐! 이놈을 막아!"

푹푹푹!

"크허억!"

열 명이 넘는 사내들과 사투를 벌이느라 몸이 걸레짝처럼 너덜너덜해진 그는 죽기 직전까지 동생을 구하기 위해 걸음을 옮겼다.

"허어, 허어, 허어……!"

"좀 죽어라, 이 좀비 같은 새끼야!"

퍼억!

"쿠허억!"

입에서 내장 조각을 뱉어내며 쓰러진 현수의 눈동자에서 눈물이 흘러내렸다.

'삼촌, 제가 잘못했습니다. 제 생각이 짧았어요.'

그제야 그의 머릿속에 숙부의 마지막 유언이 맴돌기 시작했다.

*   *   *

서울 도심의 외곽에 있는 한 건물의 지하실에 다섯 명의 사내가 아랫도리를 벗고 일렬로 서 있다.

그중에 한 명은 비디오카메라를 들고 손발이 묶인 지현을 촬영하고 있다.

"큭큭, 어때? 물건 좀 쓴다는 놈들로 골라 왔는데. 물건이 아주 실할 거야."

"…사, 살려주세요!"

"그래, 살려준다니까. 하지만 우리는 너와 즐기는 영상을 평생 남기고 싶어서 말이야. 어때? 괜찮지?"

"흑흑!"

사내들은 빳빳하게 고개를 쳐든 양물을 만지작거리며 지현에게로 서서히 다가갔다.

"크흐흐, 형님, 이년 이거 색기가 장난 아닌데요?"

"그러게 말이야. 그 동생도 어리지만 아주 잘 영글었던데 아쉽게 되었어."

지현은 무려 다섯 명이나 되는 남자들이 자신을 윤간할 것이라는 것을 알면서도 차마 몸을 움직일 수가 없었다.

오늘 있었던 그 끔찍한 사건의 중심에 저 비디오카메라를 든 사내가 서 있었기 때문이다.

'움직이면 나를 죽일 거야. 하지만 이대로 가만히 있으면 나는 마구 더럽혀지고 말 텐데.'

머리와 몸이 따로 노는 현상이 계속될 때쯤, 한 사내가 그녀의 다리를 억지로 벌렸다.

쫘악!

"으흐흐, 좋구나!"

"자자, 빨리 끝내 버려!"

"예, 형님!"

이미 그녀의 속옷은 벗겨진 지 오래였고, 음부가 그들의 앞에 고스란히 드러나 있었다.

지현은 눈을 질끈 감았다.

"…흑흑!"

"흐흐, 울어라! 네가 울면 울수록 나는 더 흥분되니까!"

사내가 찐득찐득해진 양물을 그녀의 몸속에 쑤셔 넣으려는 바로 그때였다.

쾅앙!

부아아아아앙!

"웬 놈이냐!"

"아가씨!"

"혀, 형도?"

"지형도!"

온몸이 피로 범벅이 된 채 오토바이를 탄 지형도는 주머니에서 쇠사슬을 꺼내어 음부를 내민 사내 중 한 명의 머리를 후려 갈겨 버렸다.

퍼억!

푸하아아악!

쇠사슬의 앞부분에는 뾰족한 바늘이 여러 개 달린 철퇴가 달려 있었고, 그것은 사람의 머리를 꿰뚫어 버리기에 충분했다.

"이, 이런 미친 새끼!"

"…이 개새끼들, 감히 그분이 누구인 줄 알고 양물을 덜렁덜렁 꺼내놓고 있는 거야!"

"흥, 그래봐야 그 조직에 남은 사람은 아무도 없다. 이제 우리가 조직을 흡수하는 일만 남은 셈이지. 너 말고 이 여자를 구하러 올 사람이 또 누가 있을 것 같아?"

지형도는 자신의 옷을 벗어 그녀의 음부를 가려주는 한편, 바닥에 널브러진 비디오카메라를 발로 밟아 깨뜨려 버렸다.

빠악!

"아가씨, 옷매무새를 다듬으세요. 제가 시간을 벌겠습니다."

"하, 하지만……."

"괜찮아요. 난 안 죽습니다."

지형도는 쇠사슬을 빙글빙글 돌리며 그녀의 앞을 막아섰다.

붕붕붕!

"와라. 네놈들이 오지 않으면 내가 간다."

"미친놈! 죽여 버려!"

"예!"

바지춤을 내린 그들이 달려오자 지형도는 쇠사슬로 아랫도리를 후려쳐 버렸다.

빠악!

"끄아아아아악!"

"이런 잔인한 새끼!"

"그런 발정난 개새끼만도 못한 양물은 그냥 사라지는 편이 낫다! 죽어라!"

촤락!

"으악, 으아아악! 내 거시기, 내 거시기!"

무려 네 명이나 되는 괴한이 쓰러져 버렸고, 지형도는 바닥에서 회칼을 집어 들곤 남은 사내의 목을 그어버렸다.

촤락!

"끄웨에에에엑……."

"개자식들!"

"흑흑, 형도야!"

지형도는 눈물범벅이 된 그녀를 바라보며 환하게 웃었다.

"아가씨는 오늘도 아름다우시네요."

"…지금 농담이 나와?"

"이럴 때 안 웃으면 언제 웃습니까?"

"꼭 아빠나 오빠가 하던 말과 같은 소리를 하네."

"제가 배운 것이 뭐가 있겠습니까? 회장님과 도련님이 하시는 것을 따라 하면서 배웠죠."

잠시 후, 요란한 사이렌이 울리며 세 대의 경찰차가 달려왔다.

삐비비빅, 위이이이잉!

"꼼짝 마라! 경찰이다!"

지형도는 손을 들었다.

"아가씨, 죄송합니다. 경찰이 냄새를 맡은 모양입니다. 아무래도 작은 아가씨가 쓰러진 것 때문에 경찰이 수사를 펼친 것 같아요."

"어, 어어……?"

지현은 이 끔찍한 살육의 현장에서 지형도와 자신만 살아남았다는 것을 알았고, 그것이 무엇을 의미하는지 잘 알고 있다.

경찰은 지형도를 억압한 후 수갑을 채웠다.

쿵!

"으윽!"

"이 새끼, 많이도 죽였구나!"

"아, 아저씨! 형도는 아무런 잘못이 없어요! 이 사람들이 저를 윤간하려고 했단 말이에요!"

"네네, 알겠어요."

"여기 증거도 있다고요!"

그녀는 박살이 난 카메라를 챙겼고, 경찰은 그녀를 차에 안전하게 태웠다.

"일단 경찰서로 가서 얘기합시다. 일단 타요."

지현은 자신의 눈에서 멀어지는 형도를 바라보며 눈물을 흘렸다.

"흑흑, 형도야!"

"…울지 마세요. 제가 금방 나가서 아가씨를 모실게요."

두 사람은 그렇게 이별을 맞이했다.

＊　　　＊　　　＊

비가 억수처럼 내리던 날에 발생한 끔찍하던 살육이 무상하게도 날씨는 연일 따사로웠다. 지현은 현수, 찬미의 장례식을 혼자서 치르고 동생 수현을 중환자실에 입원시켰다.

그리고 그녀의 마음이 다 치유되기도 전에 지형도의 1차 공판이 열렸다.

그녀는 참담한 심정으로 재판 결과를 듣고 있다.

"피고 지형도는 상대편 조직원 이영출 등 네 명을 흉기로 찍어 성불구로 만들어 버리고 한 명을 살해하였다. 이는 헌법에 심각히 위배되는 바, 중형을 면하기 힘들다. 다만 비디오카메라에 담긴 내용 등을 토대로 미뤄보았을 때 김지현 양의 윤간을 막기 위해 벌인 방어였다는 것이 인정된다. 하여 재판부는 지형도에게 과실치사 혐의와 과잉 방어의 법률을 적용하여 징역 7년에 집행유예 2년을 선고한다."

탕탕탕!

재판부는 영상 속 성범죄 가담자들에 대해 실형을 선고했고, 그로 인하여 지형도의 형량이 아주 많이 감형되었다.

하지만 이제 막 성인이 된 지형도가 징역 5년을 살고 나와 제대로 된 삶을 살아갈 수 있을지는 의문이다.

더군다나 만다린파는 조직의 리더가 모두 다 사라져 슬슬 분열 조짐을 보이고 있었고, 그녀는 더 이상 갈 곳이 없어지고 말았다. 지영도는 지현과 인사도 하지 못하고 곧바로 끌려갔고, 그는 마지막으로 미소를 지어 보였다.

'행복하세요.'

'기다릴게.'

그녀는 지형도가 사라지는 것을 보며 한 가지 결심을 했다.

"…내가 스스로 조직을 이끌 것이다! 모두 다 칼로 베어버리고 스스로 괴물이 되겠어!"

법정을 나온 지현은 동네 편의점에서 가위를 하나 사서 길거리 한복판에서 머리를 마구 자르기 시작했다.

사각, 사각, 사각!

머리가 바닥에 떨어지는 동안 그녀는 자신 안에 가득하던 감성과 여성성을 모두 지워 버렸다.

뚝뚝.

무지막지하게 잘라 버린 탓에 머리카락이 듬성듬성 빠져 피가 흘러내리고 있다.

그녀는 광기 어린 미소를 지었다.

"…난 이제 미친년이다! 아니, 난 미친 괴물이 되었다!"

지현의 손에는 아버지가 남긴 회칼과 머리카락 뭉치가 을씨년스럽게 붙은 가위가 쥐어져 있었다.

5년 후, 지현은 서울, 경기 지역 일대를 돌면서 자신에게 위해를 가한 조직을 전부 다 제거해 나갔다.

자신이 여자이기를 포기하고 난 후부터 조직의 칼잡이들에게 사람 죽이는 법을 배우고 해결사에게 혹독한 훈련을 받은 지 3년이 되었을 때부터 시작된 복수였다.

그녀는 자신도 모르는 광기 어린 건달유전자를 발견했고, 빠르게 그 모든 가르침을 자신의 것으로 만들어나갔다.

그 결과, 그녀는 지형도나 김현수 등과는 비교도 할 수 없을 만큼 잔악하고 완벽한 해결사가 되어 있었다.

퍽퍽퍽퍽!

"끄악, 끄아아악! 이런 씨발! 도대체 언제까지 칠 거냐? 죽이려면 그냥 죽여라!"

"으음, 그냥은 못 죽이지. 네놈들의 발모가지가 넝마 꼴이 되어야 내 직성이 풀릴 것 같거든."

그녀가 이 바닥에서 서서히 유명해지기 시작한 것은 자신의 적을 모두 도끼로 찍어 죽이거나 회칼로 천천히 포를 떠 죽였기 때문이다. 항간에는 그녀가 사이코패스이거나 살육에 맛들인 식인종이라는 소리도 있었지만, 이 모든 것은 그녀 안에 잠들어 있던 분노가 표출되면서 생긴 현상이었다.

그녀는 자신에게 양물을 들이대던 마지막 인물의 다리를 산채로 두들겨 패는 중이다.

도끼가 들쑥날쑥 들어가는 바람에 다리는 더 이상 제 기능을 하지 못하면서도 극심한 고통을 수반하고 있었다.

얼마나 고통이 심했으면 도끼를 맞는 본인이 살려달라고 애원을 할 정도인지, 그녀의 광기는 이제 스스로도 주체를 할 수 없는 지경에 이르렀다.

잠시 후, 그녀는 그의 고통스러운 모습을 촬영한 비디오카메라를 보여주며 말했다.

"자, 마지막으로 남길 한마디는?"

"…뭐 하는 짓이냐?"

"네게도 딸이 있던데, 마지막 유언은 남겨야 할 것 같아서."

"이, 이런 씨발 년! 네가 그러고도 사람이냐!"

"…너희들이 나에게 한 짓을 생각해 봐. 그럼 내가 아량이 넓다는 것을 알 수 있을 거야."

"살려줘, 씨발! 살려달라고!"

"닥쳐라, 이런 버러지 같은 새끼야!"

퍼억!

그녀는 마지막으로 그의 목을 쳐버렸고, 피가 사방으로 튀어 올랐다.

삐빅.

죽어가는 그의 모습을 촬영하도록 카메라를 가만히 바닥에 내려놓은 그녀가 자리에서 일어섰다.

"오빠, 찬미 언니, 내가 두 사람의 복수를 했어. 이제 나는 더이상 사람이 아니야. 하지만 괜찮아. 앞으로 더 이상 험한 꼴을 당할 일은 없을 테니까."

그녀는 주검이 된 그의 몸에 불을 지른 후 카메라를 챙겨 현장을 떠났다.

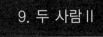

9. 두 사람 II

　지형도는 출소한 후 그녀를 보필하면서 만다린파를 전국구 최고의 조직으로 성장시켰다.

　그녀의 광기 어린 폭정에 힘겨워하던 조직원들을 보듬고 본격적으로 세를 불려나가기 시작한 것이다.

　그 과정에서 그녀는 몇몇 국회의원과 접선하여 정치 깡패로 등극하게 되었다.

　띠링!

　가야금 소리가 간드러지게 울려 퍼지는 요정에 앉은 국회의원 심재필이 맞은편 상의 김지현을 바라보았다.

"한양 최고의 주먹이라고 하던데, 미모는 가히 절세미인 급인데?"

"…과찬이십니다."

심재필은 몸에 딱 달라붙는 슈트를 입은 그녀를 바라보며 입맛을 다셨다.

"이 여자들 필요 없고, 그쪽과 단둘이 한잔하고 싶은데?"

"뭐, 저야 나쁠 것 없습니다만, 후회하실 텐데요?"

"후회라?"

그녀는 심재필이 보는 앞에서 윗옷을 벗어 던졌다.

휘릭!

"으음, 이유가 있었군."

"저는 조직에 몸담은 사람입니다. 하도 오래도록 사내들과 지내다 보니 제가 여자인 것을 잊게 되더군요. 그래서 지금은 계집을 품어야만 잠이 옵니다."

"성적인 취향이 그쪽이란 말인가?"

"굳이 말하자면 성소수자입니다만, 취향은 의원님과 같다고 보시면 됩니다."

"하하, 그렇군!"

여자이기를 포기한 그 순간부터 마음속에 있던 여성성을 모두 지워낸 그녀는 밤마다 남자가 아닌 여자와 동침하면서 지냈다.

처음엔 속이 울렁거려 토악질이 나기 일쑤였지만 지금은 꽤
나 능숙하게 잠자리를 리드하게 된 그녀이다.

하지만 그렇다고 지금 그녀의 진면목이라 할 수 있는 여성의
신체를 남성으로 바꾸는 노력은 하지 않았다.

그것이야말로 진짜 자신을 잃어버리는 일이라고 생각했기 때
문이다.

잠시 후, 요정의 문이 열리며 한필교가 들어섰다.

드르륵!

"어이, 심 의원!"

"한 의원님 오셨습니까?"

자리에서 벌떡 일어선 심재필이 한필교에게 꾸벅 고개를 숙
였고, 그를 바라보며 지현이 따라서 인사를 올렸다.

쿵!

바닥에 머리를 찧은 지현이 외쳤다.

"처음 뵙겠습니다! 김지현이라고 합니다!"

"아아, 자네가 경기도 최고의 주먹이라는 그 청년이로군?"

그는 머리를 쿵 찧은 지현을 바라보며 흥미롭다는 듯이 웃었
다.

"하는 짓이 꼭 사내 같군."

"취향도 그쪽이랍니다. 저희들과 코드가 잘 맞지요."

"아아, 그런가? 이야, 이것 참 재미있는 상황이군그래."

한필교는 자리에 앉으면서 지현을 예의 주시하였다.

"오늘 여기서 함께 한잔 걸치고 사우나나 함께 가지."

"영광입니다!"

"그래, 그래."

지현이 자리에 앉자 그가 손뼉을 쳤다.

짝짝!

"마담!"

"네, 의원님."

"준비한 아이들 들여보내. 특히나 이 청년의 취향을 가장 먼저 고려해야 할 것이고."

"안 그래도 이미 취향을 파악해 두었습니다. 이분께선 넉넉히 잡히는 가슴과 너무 가늘지 않은 허리가 좋다고 하셨습니다."

"오오, 취향이 제법인데?"

"과찬이십니다."

"아니야, 아니야! 너무 마른 여자는 안기 불편하다는 것을 잘 알고 있어. 그래, 무릇 여자라면 말랑말랑하고 탱탱한 무언가가 있어야 하는 법이지."

한필교는 그런 그녀가 상당히 마음에 드는 모양이다.

"자자, 한잔 받지."

"예, 의원님!"

"으음, 그나저나 이 청년을 뭐라고 부르면 되나?"

"편하게 김 실장이라고 부르시죠."

"김 실장? 아무리 그래도 그쪽에선 회장 소리를 듣는 사람일 텐데?"

"그래봐야 동네 아이들 대장 놀이입니다. 의원님께서 사장의 칭호를 입에 담으실 필요가 없습니다."

"하하, 사람을 잘 띄워주는군. 그래, 좋아. 김 실장이라고 부르지. 자, 그럼 한잔하자고!"

"예, 의원님!"

그녀는 심장을 씹어 먹는 심정으로 그 술을 받아마셨다.

*　　　*　　　*

깊은 밤, 이제 슬슬 이슬이 내려앉으려 한다.

두 사람은 여전히 나란히 누워 밤하늘의 별을 바라보고 있었다.

"…그때 그냥 오빠를 따라갔어야 했다는 생각도 들어."

"무슨 그런 생각을 하십니까?"

"네가 교도소에서 나왔을 때 나는 내가 건달로 살아온 날들이 도려내고 싶을 만큼 수치스러웠어. 처음 그 빌어먹을 놈들에게 겁탈당할 뻔했을 때도 그런 생각은 안 들었는데, 네가 나를 보는 순간에 그런 생각이 들더라고."

그는 씁쓸하게 웃었다.

"아니, 오히려 제가 감옥에 조금 더 오래 있을 걸 그랬습니다."

"말 같지도 않은 소리를 하네. 만약 네가 없었다면 우리 조직이 여기까지 올 수 있었을까?"

"우리가 이곳까지 오는 데 조직의 원로들이 많은 도움을 주셨습니다. 언제나 말씀드리지만 저는 조직의 깍두기일 뿐입니다."

"항상 그 소리네. 도대체 네가 왜 깍두기라는 거야? 연고도 없는 고아라서?"

"…뭐, 그 비슷합니다."

그녀는 처음 지형도를 본 때를 상기해 냈다.

"내가 처음 너를 보았을 때 너는 뭔가 심각한 표정을 짓고 있었어. 뭐랄까? 세상 모든 사람이 네 적이라는 느낌?"

"그때는 그럴 수밖에 없었죠. 길거리를 전전하면서 쓰레기통이나 뒤지던 제가 누구를 믿을 수 있었겠습니까?"

"하지만 아빠를 믿을 수 있었던 이유는 뭐야?"

"구원… 이겠지요."

어려서 부모에게 버림받은 지형도는 고아원에서 일곱 살 때까지 자란 후 고아원이 불타 없어지면서 거리로 내몰리게 되었다.

당시의 복지 재단이 망하면서 불에 탄 고아원 출신 아이들은 각기 다른 지역의 고아원으로 뿔뿔이 흩어지게 되었다.

그 과정에서 지형도는 타 고아원의 원생들에게 무자비하고 무지막지한 구타를 연일 당하여 제정신이 아니었다.

심지어 그가 몰매를 맞아 전신에 골절을 입어 입원했을 때에도 그들은 갖은 방법으로 그를 괴롭혔다.

그 이후 그는 해당 고아원에 불을 질러 복수를 하였고, 그로 인해 다시는 그 어디로도 돌아갈 수 없는 신세가 되어버렸다.

"세상은 각박합니다. 누구도 믿을 수가 없죠. 하지만 회장님은 저에게 새로운 신분을 주시고 새로운 보금자리도 주셨습니다. 저에겐 회장님이 신이고 구원이었습니다. 그런 그분의 따님들은 제게 메시아와 같았지요."

"참, 너는 못하는 소리가 없어."

"사실이 그렇습니다. 저는 아가씨를 아름답다고 생각하지만 여자로 생각해 본 적은 없습니다. 세상에 성모마리아를 여자로 생각하는 사람이 없듯이 말입니다."

"하지만 나는 성모마리아가 아닌데?"

"…말이 그렇다는 것이죠."

두 사람은 과거를 회상하다 문득 대한그룹을 생각해 냈다.

"그나저나 대한그룹 회장 일가가 사라지면서 우리의 지분은 어떻게 된 거지?"

"뭐, 공중에 붕 떴다고 볼 수 있겠죠?"

"하긴… 아빠가 돌아가시면서 우리 조직이 아파린 투자신탁과 관련이 있었다는 사실은 수면 아래로 가라앉았을 테니까 말이야."

아파린 투자신탁은 한국계 검은 자금을 조성하는 데 만다린파를 이용했지만 그걸 아는 사람은 이 세상에 아무도 없었다.

그나마 두 사람이 김완구 회장의 유품에서 아파린 투자신탁의 장외주식 지분을 발견하지 않았다면 죽을 때까지 아는 사람이 없을 뻔했다.

하지만 그녀는 이 지분을 더 이상 행사할 수 없을 것이라는 것을 잘 알고 있었다.

"이제는 그 사람들과의 접점이 없습니다."

"나도 알아. 김태산 회장이 타계했을 때 나는 한 가닥 희망을 버렸어. 그나마 김태하 씨와 접선해 보려던 내 노력이 물거품으로 끝나 버린 것처럼 말이야."

블루문이 역사 속으로 자취를 감춰 버린 지금 그들은 명실상부한 서울 최고의 조직이었다.

하지만 이대로 간다면 언제 국사모의 손에 의해 해체될지 알수가 없었다.

지형도는 이쯤에서 그녀가 빠질 것을 제안했다.

"이제 그만하시죠. 카미엘 엑트린이라는 사람의 말을 들어보니 우리가 아파린과 관련이 있었다는 사실을 아예 모르는 것 같았습니다. 그냥 이쯤에서 외국으로 떠나서 사는 것도 나쁘지 않다고 생각합니다. 최소한 그는 사람 뒤통수를 칠 인물로는 보이지 않았습니다."

"…그런다고 우리가 안전해질까? 내가 걸어온 야차의 길은 다 어쩌고?"

"제가 있잖습니까. 이제는 더 이상 아가씨가 위험해지도록 내버려 두지 않을 겁니다."

"……."

그는 품속에 잘 간직하고 있던 빛바랜 쪽지를 한 장 꺼내 들었다.

"원래 조금 더 일찍 꺼냈어야 합니다만, 제가 도련님의 유언을 그대로 지키느라 어쩔 수 없었습니다."

"…유언?"

"언젠가 도련님께서 이런 쪽지를 저에게 건네면서 말씀하셨습니다. 안의 내용은 열어보지 말고 아가씨들이 양단간에 결정을 내려야 할 때 이것을 전하라고 하셨습니다."

그녀는 지형도의 손에서 쪽지를 건네받아 그 내용을 천천히 읽어 내려갔다.

내 사랑하는 두 동생들에게.

지현이, 수현이, 내 사랑하는 여동생들아.

이 오빠는 오늘도 어김없이 손에 피를 묻히며 아버지와 삼촌이 걸어온 길을 걸어가고 있단다.

아버지께선 집안의 유일한 남자인 내가 조직을 이어받아야 한다고 말씀하셨지만, 사실 삼촌은 애초에 내가 다른 길을 걸었으면 하고 생각하고 계셨단다.

삼촌은 내가 당신과 같이 손에 피를 묻히면서 살아가는 것을 원치 않으셨던 거야.

그래서 삼촌이 돌아가시던 그때, 나에게 선택지를 주셨단다.

내가 조직을 물려받는다면 말리지 않겠지만 기왕이면 새로운 세상에서 새로운 시작을 해보길 원하셨지.

두 갈래의 길에서 나는 결국 삼촌의 뜻을 저버리고 내 가슴속에 있던 복수의 칼날을 선택했어.

아마 이 쪽지를 받을 때쯤이면 나 역시 삼촌과 같은 처지가 되었거나 이미 세상을 떠나 없는 사람이 된 이후겠지.

동생들아, 이 오빠는 내가 삼촌의 유지를 저버리고 금수와 같은 삶을 선택한 것을 후회하고 있단다.

이 야차의 길, 더 이상 내 가족들이 이런 굴레에 갇혀 죽어가는 것은 원치 않아.

만약 내가 죽거나 다쳐 더 이상 너희들을 지켜줄 수 없을 때가 온다면 과감히 한국을 떠나 새로운 삶을 시작했으면 좋겠어.

복수의 달콤한 유혹을 이기지 못해서 또다시 내 가족이 칼을 쥐게 된다면 죽어서도 내 편히 눈을 감지 못할 것 같아.

사랑하는 동생들아, 이 오빠는 너희들이 행복하기를 바란단다.

내가 혹시나 하는 마음에 북유럽 등지에 몇 개의 별장을 구매해 놨으니 선택의 순간이 온다면 이곳에서 머리를 식히며 충분히 생각해 보기를 바랄게.

이 못난 오빠가 못해준 것이 많아 미안하구나. 하지만 마음속에는 내 동생들을 사랑하는 마음이 가득했다는 것만 기억해 줬으면 좋겠어.

사랑한다, 지현아, 수현아.

―못난이 오빠가.

편지 형식의 유언장을 모두 읽은 지현의 눈가에는 어느새 촉촉한 이슬이 맺혀 있었다.

"…하여간 끝까지 사람 울리는 오빠라니까."

"도련님께서 무슨 말씀을 하셨습니까?"

지현은 지형도의 가슴팍을 주먹으로 퍽 치며 말했다.

퍼억!

"으윽!"

"도대체 이 편지를 왜 지금에서야 건네주는 거야?"

"제가 감옥에 갈 때까지 이 편지를 건네 드릴 시간이 없었습니다. 그리고 제가 감옥에 갔을 때엔 이미 아가씨의 소재가 불분명한 상태였고요."

"…그랬군."

"제가 뭔가 크게 실수를 했습니까?"

그녀는 고개를 가로저었다.

"아니야. 오히려 잘해주었어. 최소한 내가 돌아서는 데 더 이상의 미련은 남지 않을 테니 말이야."

"미련이요?"

지현은 슬그머니 지형도의 손을 잡았다.

"형도야."

"아, 아가씨?"

"만약 내가 너의 가족이 된다면 어떨까? 네 외로움과 공포심이 조금은 없어질까?"

"…구원을 받겠지요."

"그럼 내가 너를 구원해 줄게. 대신 네가 나를 사람으로, 또 여자로서 대해줘. 그래줄 수 있어?"

"물론이지요."

서로 손을 맞잡은 두 사람은 카미엘 엑트린을 찾아갈 것을 결의했다.

　　　　　　*　　　　*　　　　*

　이른 아침, 태하는 일본 아키타의 한 료칸에서 조식을 먹고
있었다.

　"후루룩, 으음."

　료칸에서 아침을 맞이한 태하는 지형도를 기다리는 중이다.

　"올 때가 다 되었는데?"

　연신 시계를 바라보던 태하의 걱정이 무색하게도 정확한 시
간에 맞춰 지형도가 모습을 드러냈다.

　똑똑.

　"지형도입니다."

　"…뭐야? 갑자기 어울리지 않게 웬 존대를?"

　"들어가도 됩니까?"

　"들어… 오세요."

　상대방이 존대를 쓰니 엉겁결에 존대를 쓸 수밖에 없는 태하
이다.

　잠시 후, 료칸의 문이 열리며 지형도와 함께한 아름다운 여
성이 모습을 드러냈다.

　긴 러블리펌에 단아한 청색 원피스를 입은 그녀는 누가 보아
도 아름다움에 탄성을 내지를 정도의 미모를 가지고 있었다.

태하는 고개를 갸웃거렸다.

"미혼이라고 들었는데?"

"며칠 전에 혼인신고를 했습니다."

"아아, 그래요? 축하합니다."

그는 아침부터 자신이 지금 무슨 상황에 처해 있는지 알 수 없어 난감했다.

"험험, 그나저나 부인을 이곳까지 데리고 온 이유가 궁금하군요."

그녀는 태하에게 정중히 고개를 숙였다.

"안녕하세요? 김지현이라고 합니다."

"아, 네……."

순간, 태하는 자신의 기억을 더듬어보았다.

"김지현, 혹시……."

"그래요, 맞아요. 제가 바로 당신이 아는 그 김지현입니다."

"허, 허어!"

김지현은 태하에게 조금 길고도 먼 얘기를 늘어놓았다.

"시간이 괜찮다면 우리의 얘기를 좀 들어주시겠어요?"

"뭐, 그럽시다."

태하는 정중한 자세로 두 사람의 얘기를 경청하기 시작했다.

약 네 시간 후, 태하는 지금까지 두 사람이 살아온 얘기를 모두 전해들을 수 있었다.

그리고 그는 자신이 이들의 삶과 아무런 연관이 없다고 말할 수 없음을 깨달았다.

"아파린 투자신탁의 장외주를 가진 주주였다니, 정말로 의외군요."

"정확하게는 김태산 회장께서 만드신 장외주죠. 그분께서 한국 시장에 보루로 남겨두신 기업이 바로 우리 만다린파였으니까요."

만다린파가 가진 주식은 대한그룹의 여러 계열사의 주식과 연결되어 있어 그들의 지분은 주주총회에서 꽤나 큰 영향력을 행사할 수 있을 정도였다.

김태산 회장이 언급하지는 않았지만 만다린파 역시 두 갈래의 사모펀드와 마찬가지로 일종의 보험으로 만들어둔 장외주식회사였던 것이다. 그렇기 때문에 김태산 회장이 세상을 홀연히 떠나 이에 대해 아는 사람이 한 명도 없었던 것이다.

"만약 김태하 총괄이사가 살아 있었다면 우리가 힘을 보태고 힘을 받을 수 있었을 겁니다. 그리고 원래 우리의 재산도 아닌 회사도 홀가분하게 처분할 수 있었을 것이고요."

"으음……."

태하는 이쯤에서 자신이 정체를 밝히는 편이 좋겠다고 생각했다.

"좋아요. 그럼 나도 당신들에게 못 다한 얘기를 해드리지요. 조금 많이 놀랄 수도 있습니다. 괜찮으시겠어요?"

"지금 이 상황에서 더 놀랄 일이 뭐가 있겠어요?"

"알겠습니다. 그럼……."

그는 순식간에 모습을 바꾸어 원래의 김태하로 돌아왔다.

뚜두두두둑!

"허, 허억!"

"이게 원래 저의 모습입니다."

"이, 이럴 수가!"

"카미엘 엑트린이 김태하 이사였다니!"

"조만간 정체를 드러낼 생각이었습니다만, 생각해 보니 이 편이 일을 처리하는 데 더 편할 것 같더군요."

"허, 허어!"

태하는 두 사람에게 자신의 얘기를 해주기로 했다.

"이번에는 제 얘기를 한번 들어보시겠습니까?"

"…술이 좀 필요하겠군요."

"한잔하면서 들으시죠."

그는 따뜻하게 데운 정종을 앞에 둔 채 얘기를 이어나갔다.

*   *   *

길고 긴 대화가 끝난 후, 지형도 부부는 그가 어째서 지금까지 이런 행보를 거듭해 온 것인지 알 것 같았다.

"그래요, 국사모에게 모든 것을 잃었다면 나라도 그렇게 했을 겁니다."

"저를 이해해 주시는 겁니까?"

"제가 여자이기를 포기한 것도 다 그 때문이었습니다. 이해하지 못할 이유가 없지요."

태하는 두 사람에게 도움을 청했다.

"국사모는 제가 꼭 쓰러뜨려야 할 존재들입니다. 도와주실 수 있습니까?"

"물론이죠. 우리가 당신을 도와야 할 이유는 많습니다."

지형도는 태하에게 한 가지 조건을 내걸었다.

"하지만 한 가지 조건이 있습니다."

"말씀하시죠."

"동생을 치료하셨듯이 제 처제도 치료를 해주셨으면 합니다. 그렇게만 된다면 저는 어떻게 부려먹어도 좋습니다."

태하는 실소를 흘렸다.

"하하, 부려먹다니요. 두 분은 치료된 동생을 데리고 스칸디나비아에서 신혼 생활을 시작하시면 됩니다."

부부는 살짝 얼굴을 붉혔다.

"험험, 신혼 생활이라……."

"결혼을 하셨으니 생산 활동에도 박차를 가해야지요. 그게 오라버니의 유지를 받드는 일 아니겠습니까?"

"그렇지요. 도련님, 아니, 형님의 유지를 받드는 일이 따로 있겠습니까?"

"잘 생각하셨습니다."

태하는 두 사람에게 새롭게 시작할 수 있는 터전을 마련해 주기로 했다.

"원하신다면 호텔이라도 하나 인수해 드릴 수 있습니다만."

"아닙니다. 형님께서 남기신 돈이 꽤 많은 데다 처와 처제가 받은 아버님의 유산도 꽤 많거든요."

"그렇군요."

"게다가 형님께서 우리 부부를 위해 일부러 별장을 알아봐 두셨습니다. 그곳에서 새 출발을 하는 편이 낫겠어요."

"좋습니다. 그럼 두 분께선 저에게 도움이 될 자료들만 추려서 넘기시고 필요할 때마다 조언이나 해주십시오. 저는 며칠간 동생의 치료에 매진하겠습니다."

"예, 그렇게 하겠습니다. 제 처제를 잘 부탁합니다."

"…부탁드려요."

"걱정하지 마십시오."

태하는 수현과 함께 북해빙궁으로 떠나기로 했다.

    *   *   *

북해빙궁 대전에 회선침의 주인인 강진희가 심각한 표정으로 앉아 있다.

"으음, 사고로 머리를 다쳤군요."

"당신이 보기에 이 사람의 상태가 어떤 것 같아요?"

그녀는 요즘 세계 최고의 명의와 심마니들을 찾아다니면서 의학을 공부하고 있었는데, 이미 북해빙궁에 있는 의서는 전부 독파를 한 상태였다.

다만 지식으로 채울 수 없는 실전 감각을 익히기 위해 한의대에 편입까지 한 상태였다.

강진희는 심단전 안의 진기를 수현의 혈도 안으로 흘려보내 지금 혈맥이 어떤 상태인지 진단하였다.

"뇌가 다친 것은 크게 중요한 것이 아닌데요?"

"그럼 뭐가 문제입니까?"

"뇌로 흘러가는 200개의 혈도가 다 막혔어요."

"그, 그렇게나 많은 혈도가 막혔다면 어떤 방법으로 뚫을 수 있겠습니까?"

"혈도 안의 탁기를 녹이는 수밖에 없지요."

"탁기를 녹인다?"

"현재 이 혈도 안에 있는 탁기는 극음의 산물입니다. 독소라

기보다는 충격으로 인해 생긴 어혈이 음기를 머금고 딱딱하게
굳어버린 상태라는 소리죠."

"흐음……."

"가능하다면 이 여자에게 구양신공의 화기를 불어넣어 혈도
를 뚫어줘야 할 겁니다."

"그렇게 되면 음기와 양기가 서로 부딪쳐 내상을 입지 않겠
어요?"

"그것은 음력진을 통하여 해결할 수 있어요."

"음력진이라……."

음력진은 극음의 기운을 뿜어내는 진법으로, 주로 여자나
몸속의 열기가 너무 강한 사람을 치료하는 일종의 의술이다.

이것이 만약 남성의 몸에 사용된다면 아주 위험하겠지만 여
성의 몸에 사용된다면 크게 걱정할 필요가 없었다.

다만 음기가 너무 많이 주입되면 초여성증후군이나 색을 너
무 심하게 탐하게 될 수도 있었다.

하지만 여성에게 그 정도 문제는 장애로 칠 수도 없는 수준
이다.

"그럼 저는 음력진을 만들 테니 사부님께선 구양신공을 운기
해 주시지요."

"알겠습니다."

그녀가 북해빙궁의 절학 일부분을 익히긴 했지만 그것도 엄

연히 태하가 전수해 준 것이다.

진희는 대서고 안에 있는 책을 탐독하는 동안 자신을 이렇게 높은 경지로 이끌어준 태하에게 고마움을 느꼈다.

그래서 얼마 전 그에게 구배지례를 올리고 사제의 연을 맺은 것이다.

다만 태하는 그녀에게 가르침을 얼마 주지 않았다는 이유에서 하대보다는 원래 사용하던 존대를 사용하고 있었다.

잠시 후, 그녀가 음력진을 완성시켰다.

휘이이이잉!

음력진 주변으로 다소 을씨년스러운 바람이 스쳐 지나가고 있다.

"…춥군요."

"남자가 느끼기엔 춥게 느껴질 수도 있겠지요. 음력진은 본디 여성을 위해 만들어진 진법이니까요."

"으음, 그렇군요."

"저도 실험하면서 처음 안 사실이지만 여자에겐 그리 큰 감흥거리가 못 되더라고요. 굳이 따지자면 기분이 아주 좋은 정도?"

"기분이 좋다……."

"아마 지금 이 여자가 구양신공의 양기를 받는 동시에 음력진에 들어가게 되면 아주 묘한 경험을 하게 될 겁니다."

그녀가 아주 미묘한 웃음을 짓고 있었기에 태하는 고개를 갸웃거렸다. 하지만 지금 이 상황에서 그건 그리 중요한 일이 아니었다.

"아무튼 당장 시술을 시작합시다."

"그래요."

음력진 안에 그녀를 앉힌 태하는 하단전으로부터 구양신공을 흘려보내기 시작했다.

고오오오오!

턱턱턱!

단전에서부터 곧바로 뇌로 향하는 혈도 200곳에 골고루 구양신공을 흘려보낸 태하는 그 길이 너무나 딱딱하게 막혀 있다는 것을 절감했다.

끼이이이익!

"제기랄, 잘못하면 혈도가 찢어지겠어요!"

"괜찮습니다! 조금 더 힘을 내줘요!"

그녀의 성원에 힘입은 태하가 억지로 기를 흘려보내자, 딱딱하게 굳어 있던 어혈이 하나둘 떨어져 나가기 시작했다.

뚜두두두둑!

"쿨럭!"

그녀의 입에선 썩은 냄새가 진동하는 어혈 덩어리가 뿜어져 나왔고, 진희는 음력진에 진기를 불어넣었다.

끼리리릭!

잠시 후, 수현의 몸으로 음기가 빨려들어 가면서 손상되었던 혈맥이 다시 재생되고 축 처져 있던 몸이 몇 단계 더 건강해졌다.

쫘자자자작!

이윽고 수현의 몸은 한 꺼풀 허물을 벗고 새로운 몸으로 환골탈태하기 시작했다.

쐐에에에에엥!

소용돌이치는 극한의 음기가 그녀의 몸속에서부터 뿜어져 나오고 있었으며, 입술과 눈동자에선 푸른 예기가 흘러나왔다.

파밧!

"으음."

또 하나의 심장인 단전을 갖게 된 그녀는 아주 요염하게 눈을 떴다.

"…여긴?"

"정신이 좀 들어요?"

"어, 어라? 내가 살아 있어?"

"정신이 돌아왔다니 다행이군요."

그녀는 자리에서 일어서자마자 오빠와 언니를 찾았다.

"우리 오빠랑 언니는요?"

"…아직 소식을 못 들었겠군요."

"소식이요?"

무려 10년이 넘도록 병석에 누워만 있던 그녀이기에 정신적 나이는 아직 중학생에 머물러 있었다.

피부에선 광채가 나고 있고 골격은 가히 글래머라고 표현해도 좋을 정도로 발달되어 있었지만 머리는 어떻게 할 수가 없었던 것이다.

"일단 당신의 언니가 있는 유럽으로 갑시다. 그곳에서 얘기를 마저 들어요."

"뭐, 좋아요."

그녀는 자신의 앞에 앉은 태하를 바라보며 교태 섞인 목소리로 말했다.

"그나저나 아저씨, 꽤 잘생겼는데요?"

"네, 네?"

"시간 있어요? 시간 있으면……."

꿀꺽!

그녀의 엄청난 색기에 태하는 등에서 식은땀이 줄줄 나는 것 같았다.

'중학생의 정신에서 이런 색기를 뿜어내다니, 음력진이 대단하긴 한 모양이군.'

당혹감을 감추지 못하는 태하와는 달리 진희는 아주 흥미롭다는 표정으로 그녀를 살폈다.

"으음, 그래, 어디에나 문제는 있는 법이지. 이것을 개선하자면……."

"…저 아줌마는 누구예요?"

"아줌마 아닙니다. 당신보다 나이가 어려요."

"쿡쿡, 정신이 어떻게 된 것 아닌가? 어딜 봐서……."

진희는 발끈해서 한마디 하려다가 이내 화를 누그러뜨렸다.

"뭐, 아무튼 치료 경과가 좋으니 이만 퇴원하시죠?"

"그럽시다. 가시죠."

태하는 그녀를 데리고 북유럽행 헬기 위에 올랐다.

*　　　　*　　　　*

노르웨이 트론헤임 내 고급 주택 마당으로 한 대의 헬리콥터가 내려와 앉았다.

다다다다다!

나른한 햇살이 내리쬐는 트론헤임의 쾌적한 기후에 수현이 감탄사를 연발했다.

"와아, 공기가 정말 좋네요!"

"사람이 살기엔 아주 딱인 곳이죠. 오라버니께서 입지 하나는 아주 잘 고르셨어요."

잠시 후, 고급 주택 뒷마당에 있던 지현과 형도가 달려나왔다.

"수, 수현아!"

"언니……!"

언니를 보자마자 달려가 안긴 수현은 가슴에 볼을 비비며 격하게 그녀를 반겼다.

"헤헤, 언니다!"

"치료는 잘 받았어?"

"응!"

수현은 이미 세월의 흔적이 많이 묻은 지현을 바라보며 연신 고개를 갸웃거렸다.

"그나저나 우리 언니가 주름이 좀 생겼네?"

"…내가 주름이 있어?"

"눈가에 아주 조금씩 보이는데?"

"그, 그래?"

이윽고 그녀는 40대로 향하는 형도를 바라보며 감탄했다.

"우와! 혹시 형도 오빠?"

"그래요, 작은아가씨. 내가 형도예요."

"형도 오빠 진짜 멋있어졌는데? 사귀는 여자 있어요?"

다짜고짜 교제 상태를 묻는 그녀를 바라보며 지현이 씁쓸한 미소를 지었다.

"…언니와 형도 오빠는 이미 결혼한 몸이야."

"이제 막 따뜻한 신혼살림을 차린 새내기 부부라고 할 수 있지요."

"겨, 결혼을 했어?"

"어쩌다 보니?"

그녀는 조금 실망한 눈초리다.

"피이, 뭐야? 나만 솔로야?"

"왜 너만 솔로야? 저기 계신 회장님도 솔로인데?"

"아아, 정말?"

화살이 자신에게로 돌아오는 것을 느낀 태하는 황급히 자리를 뜨기로 했다.

"험험, 그럼 저는 이만 한국으로 돌아가 보겠습니다."

"어? 벌써 가시면 어떻게 해요!"

"금방 다시 오겠습니다. 그럼 바빠서 이만……."

이윽고 부리나케 떠나 버린 태하를 바라보며 그녀는 아쉬운 듯 입맛을 다셨다.

"쩝, 꽤나 괜찮은 아저씨라고 생각했더니 회장님이었어?"

"나중에 기회가 또 있겠지."

지현은 수현의 손을 꼭 잡았다.

"들어가자. 언니가 맛있는 음식 잔뜩 해놨어."

"와아! 가자, 가자!"

형도는 그런 자매를 바라보며 흐뭇하게 웃었다.

'큰회장님, 작은회장님, 도련님, 드디어 제가 올바른 선택을

한 것 같습니다.'

오랜만에 세 사람의 얼굴에 웃음꽃이 피어났다.

        *   *   *

늦은 밤, 서울 서초구의 주상복합아파트에 태하의 모습이 보인다.

그의 손에는 와인 한 병과 족발 한 봉지가 들려 있었다.

"후후, 태린이가 좋아하겠지?"

한껏 미소를 지으며 주상복합아파트 안으로 들어서려던 태하의 앞에 한 여인이 불쑥 모습을 드러냈다.

"우왁!"

"태린아! 놀랐잖아!"

"헤헤, 많이 놀랐어?"

"이 야밤에 왜 나와 있어? 실버는?"

"저기……."

실버는 그녀가 시킨 모양인지 차량 아래에 숨어서 가만히 태하를 바라보고 있었다.

"네가 시켰지?"

"히히, 걸렸나?"

"이리 나와, 실버!"

헥헥!

그제야 태하에게로 달려와 격하게 반가움을 표시하는 실버였다.

태하는 그녀의 옆구리를 손으로 쿡쿡 찔렀다.

쿡쿡!

"으히히, 간지러워!"

"이런 장난꾸러기 같으니, 이런 야밤에 혼자 돌아다니면 어떻게 해?"

"뭐 어때? 실버가 곁에 있는데."

"그건 그렇지만……."

사실 이 지구상에서 실버와 맞서 싸워 이길 수 있는 생명체를 찾아보기란 아주 힘들 것이다.

이미 실버의 경지는 현경을 향하고 있었기 때문에 그 숫자가 얼마나 되건 간에 그건 중요한 것이 아니었다.

"아무튼 늦은 밤에 돌아다니는 것은 위험해."

"알겠어, 오빠."

두 사람이 주상복합아파트로 들어가려는 바로 그때, 한 대의 차량이 빠르게 스치듯 지나갔다.

부아아아앙!

그리고 그 차량 안에선 카메라 셔터가 쉴 새 없이 깜빡거리고 있었다.

찰칵, 찰칵, 찰칵!

"…뭐, 뭐야?"

"지금 우리 모습이 사진에 찍힌 것 같은데?"

"우리 사진을 왜……."

그녀는 태하에게 핸드폰을 꺼내어 인터넷 기사를 검색해 보여주었다.

"자, 봐. 요즘 우리에게 아주 관심이 뜨거워."

"이, 이게 뭐야?"

인터넷에는 카미엘 엑트린과 김태린이 사실은 연인관계였고, 지금은 함께 동거까지 하고 있다는 내용이 도배되어 있었다.

아무래도 저 파파라치 역시 두 사람 사이를 카메라에 담기 위해 일부러 저렇게 빠르게 달리며 사진을 찍은 모양이다.

"참, 살다 보니 동생이랑 스캔들이 다 나네."

"그러게 말이야. 오빠, 이제 어쩔 거야? 나 시집은 다 갔어."

"후후, 시집 다 갔으면 내가 평생 데리고 살지, 뭐."

"쳇, 그런 말도 안 되는 소리가 나와? 어차피 새언니가 생기면 나 같은 건 뒷방에 처박아둘 거면서?"

"에이, 그건 아니지. 내가 너를 왜 뒷방에 처박아 놔?"

"…정말?"

"옆방에 처박아 놔야지."

"오빠!"

"킉킉, 장난이야. 네가 어린애야? 그런 말도 안 되는 걱정을 왜 하는 거야?"

"…그냥. 아빠도 없고 엄마도 없으니까 그렇지."

태하는 태린의 어깨를 다독이며 말했다.

"내가 가족을 버릴 사람으로 보여?"

"뭐, 그건 아니지만……."

"네가 시집갈 때까지 어디로 안 도망갈 테니까 걱정할 필요 없어. 알겠지?"

"좋아, 한번 믿어보지, 김태하 군."

바로 그때였다.

털썩!

"으음?"

"…태하? 너 태하니?"

"…세라 언니?"

태하와 태린은 꿀 먹은 벙어리처럼 할 말을 잃고 그녀를 바라보았다.

설마하니 태하의 옛 약혼녀인 세라가 이곳을 찾아왔을 줄은 꿈에도 몰랐던 것이다.

그는 더 이상 그녀를 속일 수는 없다는 것을 절감했다.

"…일단 들어가서 얘기하자."

"그래……."

"가자, 실버."

헥헥.

세 사람은 실버를 데리고 아파트 안으로 들어갔다.

외전. 솔로 탈출 캠프

늦은 밤, TV소리가 텅 빈 방 안을 울리고 있다.

—…날씨를 알려드리겠습니다. 김영희 캐스터?

—네, 날씨입니다! 오늘 갑작스러운 폭우 때문에 당황스러우셨죠? 서울 지역에만 시간당 150mm가 넘는 비가 내렸는데요, 이번 비는 남서부 지역에서 발달한 고기압의 영향으로 열흘간이나 지속될 전망입니다. 기상청은…….

태린은 홀로 와인을 마시며 뉴스를 시청하고 있다 TV에 대고 홀로 볼멘소리를 해댔다.

"거참 말 많네. 기상청 예보야 매일 틀리는 거고, 연속극이나 빨리 해주지 무슨 말이 그렇게 많아?"

헥헥.

그녀는 자신의 곁에 앉아 있는 실버의 밥그릇에 와인을 부어 주었다.

조르륵—

"한 잔 해. 너도 마침 술이 고프던 참이지?"

헥헥?

"다 알아. 너도 외롭잖아? 한 잔 쭉 마시면 괜찮아져. 요즘 밤마다 뒤척이는 것을 보니 너도 적잖이 외로운 것 같더라."

실버는 그녀의 행동을 이해할 수 없다는 듯이 두 앞발에 턱을 괴고 누웠다.

그녀는 그런 실버가 마음에 들지 않았다.

"흥, 개 주제에 비싸게 굴린. 싫으면 먹지 마!"

헥헥?

이 사람이 도대체 왜 이러나 싶어 고개를 갸웃거리던 실버는 이내 자리에서 벌떡 일어섰다.

파밧!

그리곤 문 앞에 납작 엎드려 날카로운 어금니를 마구 드러내며 으르렁거렸다.

크르르르릉!

"왜 그래? 누가 왔나?"

잠시 후, 그녀의 예상대로 누군가 벨을 눌렀다.

딩동!

인터폰을 든 그녀는 신원을 확인했다.

"누구세요?"

―택배요!

"택배요? 이 시간에 무슨 택배가……."

아파트 현관문에는 각 호수마다 지정된 비밀번호가 있어서 사생활이 노출되는 것을 즐기는 사람이 아닌 이상에야 그 누구에게도 비밀번호를 알려주지 않는 것이 이 아파트의 원칙이다.

그래서 가족인 태하가 아니면 이 문의 비밀번호를 아는 사람은 아무도 없다.

그녀는 혹시나 하는 마음에 그를 돌려보내기로 했다.

"시간이 너무 늦었으니 그냥 경비실에 맡겨주세요."

―…경비실이요?

"네, 경비실에 맡기면 내일 제가 찾으러 갈게요."

그는 잠시 당황한 눈치를 보이더니 이내 사람 좋은 미소를 지었다.

―하하, 이것 참… 저도 곤란하게 되었는데요. 이거 살아 있는 전복이거든요.

"전복이요?"

―누가 완도에서 전복을 보냈는데요?

그녀는 그의 말에서 허점을 짚어냈다.

"택배 안에 뭐가 있는지 어떻게 알아요?"

―그거야…….

"전복이 상해도 좋으니까 경비실에 맡겨줘요. 아시겠죠?"

―저기…….

뚝.

곧바로 인터폰을 내려놓은 그녀는 떨리는 손으로 실버를 찾았다.

"시, 실버?"

헥헥.

실버는 자리에 주저앉아 버린 그녀를 동그랗게 감싸 안았다.

"…으으, 좀 낫네."

늑대의 따뜻한 체온이 전해져 마음의 안정이 찾아온 그녀는 실버를 꼭 끌어안은 채 와인을 한 모금 들이켰다.

꿀꺽꿀꺽!

"으, 으흐, 다리가 풀려서 큰일 나는 줄 알았잖아?"

잠시 후, 현관문이 열렸다는 신호가 인터폰에 전해졌다.

딩동!

―카미엘 엑트린 님께서 오셨습니다.

"오, 오빠?"

태하는 현관문에 비밀번호 대신 지문을 찍는 습관이 있어서 인터폰이 그의 귀가를 가장 먼저 알린다.

띠리릭!

문을 열고 들어선 태하가 태린을 부른다.

"태린아, 오빠 왔다!"

"…오빠?"

"뭐야? 둘이 왜 그러고 있어? 방에 난방이 잘 안 되나?"

"아니, 그게 아니고……."

태린에게서 자초지종을 전해 들은 태하는 고민에 빠졌다.

"흐음, 이것 참 큰일이군. 그놈, 도대체 뭐 하는 놈이지?"

"…혹시 그 조폭 아니야?"

"아니, 그렇지는 않을 거야. 그 조폭 놈들은 이제 모두 다 죽었거든."

"그럼……."

"글쎄다, 조금 더 두고 봐야 하지 않겠어?"

태하는 당장 경찰에 신고부터 했다.

"여보세요? 추나희 경감님?"

─집에 들어가신 것 아니었어요?

"네, 그랬죠. 헌데 집으로 돌아와 보니 이상한 일이 좀 벌어져서요."

─이상한 일?

추나희는 태하의 자초지종을 모두 전해 듣더니 바로 조치를 취하겠다고 했다.

　—혹시 모르니까 형사들을 보내서 조사할게요. 지구대에 전화해 봐야 어차피 순찰차 한 대 파견하고 말 테니까 오히려 약발이 안 먹힐 겁니다.

　"고맙습니다. 그럼 경비는 우리 조직에서 알아서 서겠습니다."

　—네, 그래요.

　태하가 경찰에 협조를 요청한 것은 CCTV 영상이나 주변 블랙박스 영상 등은 일반인이 쉽게 확인할 수 없기 때문이다.

　이제 태하의 조직원들이 이곳에 와서 잠시 동안 상주하면서 번을 서게 될 것이다.

　"라일라, 나다."

　—예, 보스.

　"조직 내에 괜찮은 여성 해결사들이 있나?"

　—적당히 외모도 예쁘고 일도 잘하는 사람이 있지요. 혹시 아이린이라고 들어보셨습니까?

　"아아, 캐나다에서 왔다는 그 여자 말인가?"

　—예, 아이린이 해결사로는 거의 최상급이지요. 그녀와 그 팀은 저희 원년 비서실 팀을 제외하곤 가장 뛰어납니다.

　"좋아, 아이린에게 팀을 꾸려서 내일 아침까지 파견 좀 와달라고 전해줘."

　—어디로 파견을 보내면 되겠습니까?

"우리 집으로 보내주면 될 것 같아."

─알겠습니다. 그렇게 하지요.

이윽고 전화를 끊은 태하는 그녀에게 당분간 외출을 삼갈 것을 당부했다.

"외출할 때엔 반드시 실버를 동행시키고 개가 들어갈 수 없는 곳은 다니지 마. 알겠지?"

"으, 웅."

"이것 참, 갑자기 이게 무슨 일이래?"

"그러게 말이야."

태하는 놀랐을 그녀를 위해 위로의 파티를 열기로 했다.

"심장도 콩닥콩닥 뛸 텐데 소주나 한잔할까?"

"아무래도 그래야 할까 봐."

"큭큭, 하여간 술은 안 빼요."

"헤헤, 그건 그거고 이건 이거고."

"오늘 메뉴는?"

"불닭!"

"오케이!"

두 남매는 매콤한 철판 불닭구이를 시켜 소주를 한잔 걸치기로 했다.

*　　　　*　　　　*

다음날, 붉은 머리를 짧게 잘라 보이시한 매력을 뽐낸 아이린이 태하의 집에 도착했다.

"보스, 부르셨습니까?"

"그래, 잘 왔다. 다들 당분간 이 집에서 지내주었으면 하는데, 어떤가?"

"이미 얘기는 전해 들었습니다. 당분간 신세를 좀 져야겠군요."

"신세는 무슨, 아무튼 이 아이를 잘 부탁해."

"예, 보스."

태린은 177㎝나 되는 장신 아이린과 그 동료들 앞에 서자 자신이 너무 초라해지는 것을 느꼈다.

'크, 크다. 도대체 뭘 먹으면 저렇게 다 큰 거지? 더군다나 몸매들은 왜 저렇게 다 좋아?'

아이린은 그녀에게 악수를 건넨다.

"아이린입니다. 아가씨를 오늘부터 수행하게 될 겁니다."

"네……."

"일단 아침부터 회사에 나가서야 할 테니 팀원들에 대한 소개는 차차 하기로 하겠습니다. 괜찮으시죠?"

"네, 네, 물론이죠."

잠시 후, 집에서 깔끔하게 목욕을 마친 실버가 모습을 드러냈다.

헥헥.

"앞으로 이 개를 무조건 데리고 다니도록."

"이 개를요?"

"태린이와 실버는 떨어져선 안 되는 사이거든."

"으음, 잘 알겠습니다."

아이린과 5명의 팀원은 태린과 실버를 데리고 출근길에 올랐다.

아파트 지하주차장 안, 다섯 명의 팀원은 사방을 예의 주시하면서 자동차까지 이동했다.

"좌측, 우측, 이상 없습니다."

"전후방도 이상 무!"

"좋아, 출발하지."

"……."

마치 군사작전을 방불케 하는 그녀들의 호위는 너무 철저하다 못해서 부담스러울 정도였다.

어지간한 VIP 수행은 다 받아본 태린이지만 그녀들의 호위는 도무지 적응이 되지 않았다.

'…경찰특공대 출신인가? 아니면 특전사?'

덕분에 잔뜩 졸아붙은 상태로 출근길에 오른 그녀는 오히려 심장이 더 두근거렸다.

"휴우……."

"아가씨, 뭔가 불편한 곳이라도?"

"아, 아닙니다. 가시죠."

"네, 알겠습니다."

다섯 명의 인원이 철통같이 경계를 서는 동안 그녀는 12인승 밴에 올라 의자에 몸을 기댔다.

"…탔어요."

"알겠습니다."

탕탕!

"출발!"

보조석에 앉은 아이린이 차를 가볍게 두드리자, 그녀들은 뭔가로 수신호를 보내며 차를 움직이기 시작했다.

부아아아아앙!

'이것 참, 도무지 적응할 수가 없네.'

그녀는 씁쓸한 미소를 지은 채 회사로 향했다.

그날 저녁, 태린은 편의점에 들러 간단히 먹을 도시락을 구경하고 있었다.

"으음, 오늘은 뭘 먹을까?"

태하로부터 치료를 받은 이후 무지막지한 칼로리를 소모하게 된 그녀는 돌아서면 배가 고프고 자꾸만 허기가 지는 체질로 바뀌게 되었다.

그래서 두 시간에 한 번씩 배를 채워주지 않으면 빈혈이 생겨 서 있을 수가 없을 지경이었다.

물론 일주일쯤 굶어도 생존에는 아무런 지장이 없었지만 그녀는 배고픈 것을 너무나도 싫어하는 타입이었다.

지금보다 훨씬 칼로리 소모가 적을 때에도 그녀는 한 시간에 한 번씩 간식을 먹던 사람이다.

"좋아, 그럼 돈가스 도시락에 김밥 세 줄……."

먹는 양만 해도 엄청난 그녀는 거의 습관적으로 먹을 것을 고르는데, 이것은 그녀가 발레를 전공하면서 절제하던 식탐이 뒤늦게 터진 생긴 까닭이다.

발레를 전공한 그녀는 어려서부터 제대로 된 음식을 먹고 자라지 못했기 때문에 음식에 대한 집착 같은 것이 생겼다.

먹을 수 있을 때 먹는 것, 그것이 언젠가부터 그녀의 살아가는 낙이 되어버린 것이다.

때문에 지금도 필요 이상으로 음식물을 섭취하고 끝도 없이 간식을 먹어대는 것이다.

삐빅!

"15,890원이요."

"네, 여기요."

카운터에서 계산을 하기 위해 그녀는 카드를 내밀었다.

바로 그때, 그녀는 이 목소리를 어디선가 많이 들어보았다 싶은 생각이 들었다.

'어, 어라? 택배?'

순간, 그녀는 기지를 발휘하여 카드를 다시 회수했다.

"잠깐만요. 이 카드는 정지되었을 거예요. 제가 이번 달 카드 값이 많이 나왔거든요."

"네, 네?"

"잠시만 기다려 주실래요? 제가 현금을 좀 가지고 올게요."

"…현금이요? 그냥 외상으로 하고 가지고 가시죠?"

"아니에요. 저는 외상을 너무 싫어하거든요. 잠시만요!"

재빨리 도시락 봉지를 카운터에 놓아두고 편의점을 나온 그녀는 경호원들에게 외쳤다.

"언니들! 저 사람이에요! 저 사람이 어제 우리 집에 찾아왔어요!"

"…알겠습니다!"

그녀들은 잽싸게 편의점 안으로 뛰어 들어가더니 밖으로 도망치려는 그를 단숨에 제압했다.

"이 새끼, 어디를 도망가?"

퍼억!

"크윽!"

팔이 뒤로 꺾인 채 바닥에 납작 엎드린 사내를 바라보며 아이린이 물었다.

"…이 자식, 뭐 하는 놈인데 야밤에 남의 집까지 찾아와 진입을 시도한 것이지?"

"내, 내가 뭘! 증거 있어? 이런 씨발, 증거 있느냐고!"

잠시 후, 근거리에서 조사 중이던 추나희 경감이 편의점 문을 열고 들어섰다.

퍼억!

"크윽!"

"증거? 증거 많지. 자자, 이러지 말고 경찰서로 가서 얘기를 좀 해볼까?"

"겨, 경찰서요?"

"만약 네가 범인이 아니라면 우리를 고소하면 되는 것이고 그렇지 않으면 네가 고소를 당하는 것이고. 아참, 그리고 혹시나 해서 말하는 건데, 어제 이 근방 CCTV 다 조사했다. 그 화면 안에 네 얼굴이 정확하게 들어 있는 것 같던데?"

"……"

그제야 그는 순순히 자신의 잘못을 시인했다.

"…그냥 좋아서 그랬어요. 그것도 잘못이에요?"

"사람이 좋다고 그렇게 스토커처럼 달라붙으면 되나? 스토커도 범죄다. 더군다나 사생활 침해는 더욱 심각한 범죄이고."

"죄송합니다."

그녀는 청년을 자리에서 일으켜 세웠다.

"이 사람은 우리가 데리고 가서 여죄가 있는지 좀 알아볼게요. 괜찮죠?"

"네, 네."

청년은 돌아서는 순간까지 그녀를 원망스러운 눈으로 바라보았다.

"…그냥 좋아했을 뿐인데!"

"……."

"쓰레기 같은 놈이군. 감히 아가씨에게……!"

그녀는 다짜고짜 권총을 뽑아 드려는 경호원들을 만류했다.

"그만, 그만하세요. 이만하면 되었어요."

"…참, 이 세상에는 별의별 사람이 다 있군요. 에잇, 사랑이 무슨 장난인가?"

태린은 문득 자신이 누군가에게 진짜 사랑을 받아본 적이 있는지 궁금해졌다.

'오빠, 아빠 말고 나를 사랑한 남자가 있기는 했던가?'

그러고 보면 대한그룹 막내딸이라는 수식어 때문에 어지간한 남자는 그녀의 근처에도 오지 못했다.

그나마 태하는 유학에 군대, 변호사 생활, 해외 파견까지 다녀오느라 수많은 경험을 해봤지만 그녀는 정반대였다. 여자 아이들만 모아놓은 명문 사립초등학교에 입학하여 여중, 여고를 나온 후 여대를 다니다가 러시아 볼쇼이발레단에 입단했다.

한마디로 그녀는 평생 동안 발레만 하느라 남자 구경도 제대로 해보지 못했다는 소리다.

"…억울해!"

"네?"

"억울해요! 나도 사랑을 받아보고 싶은데……."

아이린은 당혹스러움을 감추지 못했다.

"…사랑이라니, 사랑은 보스에게도 받고 있지 않습니까? 아님 실버의 충성이라든지……."

헥헥?

"그런 사랑 말고요! 나도 사랑이란 것을 좀 해보고 싶어요. 운명적인 사랑, 아아, 운명적인 사랑!"

격정적인 상상의 나래를 펼치는 그녀를 바라보며 아이린과 다섯 명의 경호원은 뭔가 결연한 의지를 다진다.

*　　　　*　　　　*

다음날, 태하는 태린에게 소개팅을 주선하기로 마음먹었다.

그는 능력 좋고 외모 또한 출중한 미남들만 추려서 태린의 앞에 사진으로 도열을 시켰다.

촤라락!

"자, 어때? 다들 인물이 훤칠하지? 이 중에는 모델 출신에 아이돌 데뷔까지 한 사람도 있어. 더군다나 청와대 경호원이라니, 멋있지 않아?"

"…그래봐야 중매 아니야?"

"주, 중매?"

"그래, 중매! 이게 지금 조선시대 중매쟁이가 선을 주선하는 것과 뭐가 달라?"

"아, 아니, 그렇지 않아. 중매는 결혼을 전제로 만나는 것이고, 이것은 그냥 가벼운 소개팅이야. 무겁게 생각할 필요 전혀 없어."

그녀는 고개를 가로저었다.

"싫어! 소개팅이나 선이나 그게 그거잖아! 에잇, 이게 뭐야! 그나저나 이 말도 안 되는 아이디어를 낸 사람이 도대체 누구야?"

"죄, 죄송합니다!"

"아이린……!"

아이린은 그녀에게 깊이 고개를 숙였다.

"저희는 그저 아가씨께서 사랑을 하고 싶다고 하시기에……."

"내가 사랑을 하고 싶다고 했지, 시집을 가고 싶다고 했어요?"

"죄송합니다. 저희들은 그게 그거인 사람들이라서 말입니다."

"당신들도 모태솔로죠?"

"……."

"휴우, 이런데 무슨 조언을 해줘?"

태하는 사태의 심각성을 절감하지 않을 수 없었다.

"으음, 그러니까 모두들 운명적인 사랑을 못 만나서 지금까지 연애 한 번 못 해봤다?"

"……."

"태린이는 발레를 하느라 그랬다 치고, 자네들은 왜 그랬나?"

그녀들은 우울한 표정을 지었다.

"고아원에서 자라나 거리로 내몰리고 난 이후 러시아 여군 첩보단에 들어가 작전을 수행했습니다. 그 이후에는 캐나다 여군으로 전향해 특수전 저격수 훈련을 받았지요. 연애할 틈이란 아예 애초에 있지도 않았습니다."

"그랬군."

태린은 자신보다 훨씬 암울한 과거를 보낸 그녀들에게 사죄의 말을 전했다.

"미, 미안해요. 나는 그것도 모르고……."

"괜찮습니다. 이젠 하느님과 남자친구가 동급으로 보입니다. 있다는 소리는 들었지만 실제로 본 적은 없지요."

"……."

태하는 이들에게 특단의 조치를 내려야겠다고 생각했다.

"자, 다들 모일 수 있도록."

"예, 보스!"

"지금부터 태린이를 포함해 일곱 명은 솔로 탈출 캠프에 다녀올 수 있도록."

"솔로 탈출 캠프요?"

"그런 캠프가 있어? 그냥 개그 소재로 쓰이던 것 아니야?"

"아니, 있어. 연애를 코치하는 픽업아티스트들이 직접 지도하는데, 인기가 꽤 높은가 봐."

"…꼭 그런 곳까지 가야겠어?"

"뭐, 싫다면 어쩔 수 없고. 누군가 그랬지. 스무 살이 될 때까지 동정이면 머리에 사리가 쌓이고, 서른이 넘으면 마법을 쓸 수 있다고."

"……."

"그렇게 되고 싶어?"

"아, 아니! 절대로 싫어!"

"그래, 그럼 용기를 내라고."

그녀들은 태하의 명령에 가슴이 두근거리는지 발그레 얼굴을 붉히며 대답했다.

"가, 감사합니다! 열심히 하겠습니다!"

"태린이 너는?"

"크흠, 나, 나도 뭐……."

"좋아, 그럼 인원은 이대로 완성된 것으로 하지."

태하는 그녀들을 미국 뉴욕에 있는 일명 솔로 탈출 캠프로 보내기로 했다.

*　　　　*　　　　*

며칠 후, 태린와 아이린 팀은 뉴욕 브룩클린에 있는 솔로 탈출 캠프에 도착했다.

이곳에는 러시아계 여성과 아랍계, 남미, 북미, 한인 등 총 10개 인종의 매력적인 여성들이 모여 있었다.

그녀들은 각자 다른 분야에서 일하며 지내고 있지만 여름휴가 보름 동안 솔로 탈출 캠프를 열어 연애고자들을 구원해 주고 있는 중이다.

캠프의 총괄 책임자인 미국 뉴욕 토박이 여성이자 월스트리트 최고의 애널리스트 안젤리나 블루스톤이 캠프 참여자들에게 인사를 건넸다.

"반가워요. 안젤리나 블루스톤이라고 합니다. 그냥 안지라고 불러줘요."

"네, 반가워요."

"자, 그럼 지금부터 본격적인 수업에 들어가기에 앞서 당신들의 레벨을 테스트하는 시간을 갖도록 하겠습니다."

"레벨이요?"

"픽업에도 레벨이 있어요. 레벨이 너무 낮은 상태에서 잘못된 기술을 익히게 되면 하룻밤 상대로 이용만 당하고 버려지는 경우가 발생하죠. 우리는 알파 걸, 즉 여왕벌이 되어야 합니다. 여왕벌은 남자를 선택하고 그를 조종합니다. 모든 남자를 조종하지만 그 위에 군림하지 않는 그런 여성인 셈이죠."

"아아……!"

"무슨 말인지 알겠어요?"

"네, 네!"

마치 교회 여름학교 수련회를 따라온 아이들처럼 반짝거리는 눈으로 그녀를 바라보는 참가자들이다.

그녀는 화이트보드를 앞에 두곤 몇 가지 문장을 적어 내려가기 시작했다.

"잘 봐요. 첫 번째 문제입니다. 내 마음에 드는 이성이 나타났다. 어떻게 행동할 것인가? 1번, 슬쩍 눈길만 주고 다가가진 않는다. 2번, 일부러 눈을 잠깐 마주치고 슬그머니 미소만 짓는다. 3번, 남자의 곁으로 다가가 일부러 사고를 내거나 실수를 해서 주위를 끈다. 4번, 마음에 든다며 저돌적으로 달려든다. 물론 오늘 밤 술자리 제안은 내가 먼저 한다. 나는 신여성이니까! 자, 이 중에서 오답은?"

"……!"

그녀들은 꿀 먹은 벙어리처럼 아무런 말도 하지 못한다.

"정답이 있다고?"

"이럴 수가? 무슨 수학능력시험 듣기평가를 보는 것 같아! 답을 고를 수가 없어!"

안젤리나는 그녀들의 연애 능력을 가볍게 평가하며 한숨을 푹 내쉬었다.

"…이걸 모른다고요? 그냥 문맥만 봐도 대충 알 것 같은데?"

"그렇다면 우리가 단체로 난독증에 걸린 건가?"

그녀는 고개를 가로저었다.

"휴우, 뭐 그럴 수도 있죠. 음치는 자신이 왜 음치인지 들어도 잘 모른다고 하니까."

"마, 맞아요! 난 음치인데 음치인 것을 잘 모르겠어요!"

"……."

안젤리나는 그녀들에게 수업 시간표를 건넸다.

"오늘부터 당장 레슨에 들어갑시다. 이 시간표는 각 국가별, 인종별, 지역별로 가장 많이 사용되고 통용되는 픽업 기술을 가르치는 레슨입니다. 이 수업만 잘 들어도 여왕벌은 못 되어도 최소한 꿀벌을 잡아먹는 말벌쯤은 될 수 있을 겁니다. 자자, 희망을 가져요! 다들 할 수 있습니다!"

"네, 네!"

열 명의 코치를 통해 그녀들의 연애 세포 조작의 장이 드디어 열렸다.

　　　　　*　　　　　*　　　　　*

늦은 밤, 연애 수업이 한창이다.

동아시아계 최고의 픽업아티스트를 자처하는 최사랑은 미스 코리아 출신에 휘트니스 모델로 일하는 명실상부 최고의 여성이다. 그녀는 자신의 작업 노하우에 대해 설명했다.

"동아시아계 남자들은 여성스러운 여자를 좋아해요. 이를테면 아주 조용하고 순박하며 보호 본능을 자극하는 그런 여자가 대세라는 소리죠."

"아아……!"

"자, 그럼 교과서를 펼치세요. 단락 1번, 카페에서 마음에 드는 남성이 나에게 대시를 해왔다. 과연 어떻게 대처해야 할 것인가?"

각 선생들이 여름마다 한 번씩 교과서를 제작하는데, 이번 교과서는 철저히 실전 위주로 제작되었다. 그녀들은 이 교과서에 나온 문제를 붙잡고 인생 최대의 고민에 빠져들었다.

"흠, 그냥 확 덮친다?"

"…경찰서로 끌려가고 싶어요?"

"아님 무작정 손을 잡고 가게를 나서 모텔로 들어간다?"

"미쳤어요?"

"아아, 알겠다! 여자는 자고로 튕기는 맛이 있어야 하니 얼굴에 뜨거운 커피를 뿌린 후 꺼지라고 소리친다!"

"……."

최사랑은 절망감이 머리끝까지 차올랐지만 절대로 제자들에게 화를 내는 법이 없었다.

"후우, 그래요. 문맥 그대로 누군가에게 호감을 사는 일이 그리 쉽지만은 않겠죠. 더군다나 처음 보는 사람과 인간관계를 갖는다는 것은 상당히 힘든 일이에요."

"으음, 그건 그렇죠."

"이 세상 모든 사람들이 그렇듯 사람과 사람이 만나는 일은 가장 손쉬우면서도 어렵습니다. 얼마나 힘들면 사람을 만나는 영업을 기업에서 가장 중요한 일이라고 칭하겠어요?"

그녀는 차근차근 매뉴얼대로 수업을 진행했다.

"먼저 남자가 다가왔을 때, 우선 이 남자가 어떤 사람인지 단시간 내에 간파하는 것이 좋아요. 그냥 실없이 번호만 많이 따놓고 이리저리 연락해서 술이나 마시자고 추파를 놓는 사람인지, 아니면 정말 나에게 관심이 있는 것인지 판단하는 것이 핵심이라는 소리죠."

"말이야 쉽지, 그걸 어떻게 판단하나요?"

"기준은 간단해요. 그 사람의 눈동자를 보세요. 과연 이 사람이 어떻게 웃고 있으며, 행동에 실수는 없는지."

그녀는 보드 판에 적혀 있던 모든 이론과 필기를 다 지워 버렸다.

"이 모든 것은 사람과 사람이 만나기 위한 기술을 익히는 겁니다. 사람과 사람은 기본적으로 눈을 보면서 대화를 해요. 첫 번째, 눈을 똑바로 쳐다보지 않는 사람과는 얘기하지 말아요. 100% 당신과의 대화보다는 맹목적인 무언가를 가지고 접근한 사람일 확률이 높습니다. 그리고 너무 실없이 많이 웃는 사람은 믿지 마세요. 너무나 과도한 친절은 독이에요. 먹으면 탈이 난다는 소리죠."

슥슥슥.

모든 것을 필기하려는 학생들에게 그녀가 손을 내저으며 말했다.

"외우려 하지 말아요. 이제 무슨 고시도 아니고 왜 자꾸 외우려 들어요? 그냥 내가 한 조언이 나중에 생각날 날이 올 겁니다. 이론을 마스터한다고 연애 고수가 되는 것은 아니에요."

"아아!"

"이어서 또 말솜씨가 너무 유창한 사람도 조심하세요. 강남이나 하라주쿠 사짜들이 많이 하는 행동입니다만, 어느 나라나 다 통용되죠. 수려한 말발을 앞세운 사람은 거의 절반이 바람둥이고 49%쯤은 사기꾼입니다. 그나마 1%의 남자들 역시 아주 순수한 목적을 가졌다고 말하긴 힘들겠죠?"

"으음!"

"입만 살아 있는 남자는 금물, 잘 알겠죠?"

이윽고 그녀는 곧바로 심화 과정으로 넘어갔다.

"이 모든 것으로 남자를 스캔했으면 다음 단계로 넘어갑니다. 과연 이 남자와 내가 잘 맞을 것인가? 그래요, 이것이야말로 최대의 난제죠. 어떻게 사람을 처음 보고 자신과 잘 맞을지 판단할까요? 좋은 의견 있어요?"

"처음부터 취미를 물어보면 좋잖아요?"

"으음, 제가 말했잖아요? 지금은 만남의 첫 단계라고요. 취미를 물어보고 자시고 할 시간이 없어요."

"…그게 가능해요?"

그녀는 고개를 끄덕였다.

"그래요. 100% 가능할 리가 없죠. 그래서 절반, 아니, 그 이하라도 때려 맞히는 것이 중요합니다. 가장 첫 번째론 이 남자에게 마음에 드는 부분이 하나라도 있는지 알아봐야 합니다. 얼굴이 잘생겼다든가 몸매가 잘빠졌다든지 하는 것은 원초적인 문제이고, 대화가 잘 통한다든가 취미가 맞는 등의 문제는 달라요. 자, 이번에는 유형을 잘 외워두면 좋으니 필기를 하세요."

그녀는 칠판에 몇 가지 유형에 대해 적어 내려갔다.

"몇 가지 유형이 있어요. 상남자 마초 기질의 남자에 허세가 가득한 남자, 이런 남자는 둘 중 하나는 전부 밥맛이에요. 진짜 남자는 허세도 귀엽게 부려요. 그들은 어떤 허세가 귀엽고 자극적인지 잘 알고 있죠. 그렇지 않고 여자 앞에서 힘과 근육만 과시하는 놈들은 머리에 든 것이 별로 없죠."

"아아!"

"육체파를 볼 때는 그 남자의 말투와 겸손함을 보시면 된다는 소리죠. 이해가 가죠?"

"네!"

"자, 그럼 두뇌파. 이 사람들의 경우엔 아주 섬세하고 배려심이 깊어요. 감수성도 풍부하고 여자를 잘 이해하죠. 하지만 바람둥이가 많아서 조심하는 편이 좋아요. 머리가 좋아서 계산도 빠르죠. 평소에는 조곤조곤한 편이지만 화가 나면 마초보다 더 무섭다고 볼 수 있어요. 오히려 전에 들은 예보다 훨씬 더 조심해야겠죠?"

"네!"

"자, 그다음……."

그녀는 자신이 아는 모든 지식을 자제들에게 전파한 후 수업을 마쳤다.

"이런, 벌써 시간이 이렇게 되었군요. 제 수업이 어땠나요? 도움이 된 것 같아요?"

"네, 아주 많이요!"

"하지만 이론은 이론일 뿐, 실전에서 이 모든 감각을 총동원해서 연애에 성공하기를 바라요."

"네!"

교육생들은 이론을 습득하면서 아주 자신감 넘치는 여성으로 조금씩 거듭나고 있었다.

일주일 후, 이론으로 중무장한 교육생들이 월스트리트로 나갔다. 캠프의 책임자와 선생들은 그녀들을 필드에 내보내 놓고 실전 감각을 익히는 난제를 내어주었다.

"이론만으론 연애를 할 수 없어요. 책으로만 배운 연애는 실패하게 마련, 나중에 눈물을 안주 삼아 술을 마시기에 딱 좋죠."

"…으윽."

"그래요, 보아하니 개중에는 제가 든 예시를 그대로 따르는 사람이 몇 보이는군요. 하지만 이젠 그러지 말아요. 거듭 말하지만 연애는 어렵지 않지만 쉽지도 않습니다."

그녀는 교육생들에게 월스트리트의 한 카페를 가리키며 말했다.

"오늘의 실습 장소는 저 카페입니다. 증권가의 두뇌들은 물론이고 각종 전문 인력이 이곳에서 약속을 잡거나 브런치를 먹지요. 픽업 기술을 익히기엔 안성맞춤이라고 볼 수 있습니다."

"전문 인력이면 눈이 높지 않을까요?"

"높죠. 하지만 당신들은 그들보다 더 눈이 높아요. 그리고 그 조건에 차고 넘치는 귀한 사람들이죠."

"선생님……."

"그렇게 아련하게 쳐다보지 말아요. 없는 소리를 지어낸 것은 아니니까."

이제 그녀는 본격적인 실습을 진행시키기로 했다.

"자, 그럼 시작합시다. 목표는 남자의 전화번호 네 개, 애프터 신청 하나입니다. 할 수 있죠?"

"최, 최선을 다하겠습니다!"

"좋아요! 투입!"

선생들은 일선에서 물러서 그녀들의 고군분투하는 모습을 가만히 지켜보기로 했다.

같은 시각, 태하는 동생의 고군분투하는 모습을 망원경으로 지켜보고 있었다.

"작업은 잘 되는 것 같습니까?"

"글쎄요, 더 두고 봐야겠지요. 하지만 워낙 겸손하고 인간성이 좋은 아가씨들이니 애프터가 어렵지는 않을 겁니다."

"전문가적인 견해는 다르군요. 나는 불안해 죽겠는데."

"후후, 글로 연애를 배웠어도 중무장은 절반쯤 끝난 셈입니다. 한번 믿어보세요."

태하가 동생에 대한 걱정으로 안절부절못하는 찰나, 그의 눈에 놀라운 광경이 벌어진다. 태린의 곁으로 아주 잘생긴 남자가 다가와 먼저 말을 걸고 있는 것이다.

"……!"

"거봐요. 시작이 나쁘지 않죠?"

"자식, 살아 있는데?"

"두고 보세요. 오늘 아주 멋진 남자를 데리고 술집에 나타나게 될 테니까."

태하는 자신도 모르게 씁쓸한 미소가 피어올랐다.

"쯧, 이걸 내가 걱정스레 지켜보고 있어야 하다니. 진즉 자유롭게 연애할 수 있는 환경을 만들어주었어야 하는데 말이죠."

"그건 회장님의 잘못이 아닙니다. 태린 씨는 그저 꿈을 좇았을 뿐입니다. 아마 그녀도 후회는 하지 않을 겁니다. 다만 아쉬움을 버리지 못했을 뿐이죠."

그는 이제라도 동생이 자유롭게 연애하며 살아가길 바랐다.

'제발 제대로 된 놈이 걸려라. 제발……'

태하는 기도하는 심정으로 두 사람의 접선을 지켜보았다.

＊　　　＊　　　＊

잭 하워드, 증권가 '파우시스'의 투자상담사로 일하는 남자다.

태린은 그가 다가와서 자신의 명함을 건네며 얘기를 나누고 싶다는 말에 잠시 생각에 잠겼다.

'으음, 너무 잘생겼네. 몸매도 좋고. 하지만 적당히 신사적이

고 부드러워. 이 정도면 합격인가?'

워낙 예습과 복습을 철저히 한 그녀라서 선생의 가르침이 몸에 저절로 배어버렸다.

순식간에 스캔을 끝낸 그녀는 그의 제안을 수락했다.

"그럼 잠시만 얘기를 할까요?"

"고맙습니다. 이쪽으로 오시죠."

그는 자리에 앉으려는 그녀에게 친절히 의자를 빼주었다.

"앉으세요."

"네, 감사합니다."

한 차례 친절을 베푼 그는 본격적으로 자신이 말을 건 이유에 대해 설명했다.

"초면에 이런 말씀 드리는 것이 실례라면 마음껏 실례 좀 하겠습니다."

"후후, 그러세요."

"이곳에 무슨 이유로 오셨는지 알 수는 없습니다만, 저는 당신에게 말을 걸지 않으면 안 된다는 생각에 사로잡혀 발걸음을 멈추었습니다."

"그 이유가 뭔데요?"

"눈이 아름다운 여자는 흔하지 않거든요."

"호호, 듣기는 좋군요. 하지만 내가 그 얘기를 들은 몇 번째 여자일까요?"

"다른 여자들은 상관없습니다. 저는 당신에게 호감을 느낀 것뿐이니까요."

그녀는 그의 핑계 없고 저돌적인 모습에 호감을 느꼈다.

'그래, 이게 바로 1차 테스트 통과라는 것이구나.'

잭은 그녀에게 명함을 한 장 건넸다.

"괜찮으시다면 오늘 저녁 저와 간단히 식사라도 해주실 수 있겠습니까? 참고로 말씀드린다면 저는 이상한 사람 아닙니다."

"후후, 그래요. 이상한 사람 아닌 것은 알겠어요."

그는 자신의 가슴에 붙어 있는 신분증을 떼어내지 않았다는 것을 깜빡한 모양이다.

살짝 붉어진 얼굴로 재빨리 신분증을 떼어내는 잭이다.

"이, 이런……."

"괜찮아요. 나쁜 짓 한 것도 아닌걸요."

"사실은 이런 일이 흔하지 않아서 긴장을 좀 했습니다."

"그런 것 같네요."

"…티가 많이 났나요?"

"조금?"

"으음, 초면부터 마이너스가 되었군요."

"후후, 아니에요. 오히려 믿음이 가네요."

"정말입니까?"

"물론이죠."

그는 자리에서 일어서며 그녀에게 정중히 고개를 숙였다.

"자, 그럼 오늘 저녁에 봅시다. 저 같은 놈에게 시간을 내어 주셔서 너무나 감사합니다."

"별말씀을요."

"그럼 저는 이만……."

먼저 카페를 나선 그를 바라보며 태린은 설레는 마음을 감추지 못했다.

'성공이야, 성공! 오빠, 나도 이제 썸 탄다고!'

그녀는 속으로 방방 뛰며 쾌재를 불렀다.

오늘 오후, 그녀는 태어나 처음으로 자신이 원하는 일에 대한 성취감을 맛보았고 처음으로 청춘사업에 불을 지피게 되었다.

앞으로 무슨 일이 어떻게 일어날지 알 수는 없었지만, 그녀에겐 참으로 뜻 깊은 날이 될 것이다.

『도시 무왕 연대기』 9권에 계속…

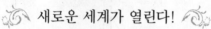

초대형 24시 만화방

신간 100%, 샤워실, 흡연실, 수면실(침대석), 커플석, 세탁기 완비

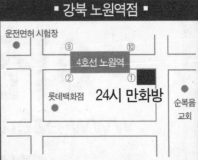
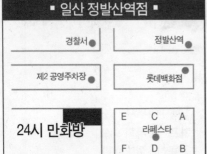
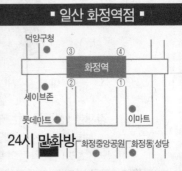
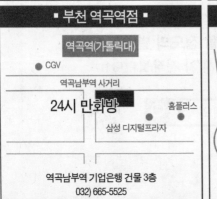
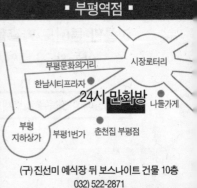

검자 新무협 판타지 소설

FANTASTIC ORIENTAL HEROES

목탁

해적으로 바다를 누비던 청년,
칠해고도에 표류해·· 절대고수를 만나다!

"목탁은 중생을 구제하는
좋은 이름일세"

더 이상 조무래기 해적은 없다!
거칠지만 다정하고, 가슴속 뜨거운 것을 품은

목탁의 호호탕탕 강호행에
무림이 요동친다!

Book Publishing CHUNGEORAM

유행이 아닌 자유추구
WWW.chungeoram.com

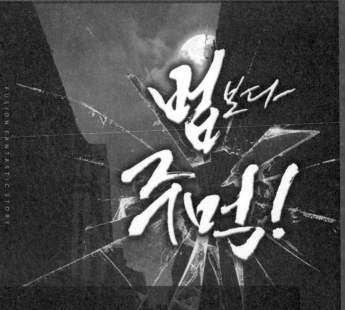

사략함대 장편소설

FUSION FANTASTIC STORY

2016년 대한민국을 뒤흔들 거대한 폭풍이 온다!

『법보다 주먹!』

깡으로, 악으로 밤의 세계를 살아가던 박동철.
그는 어느 날 싱크홀에 빠진다.

정신을 차린 박동철의 시야에 들어온 건 고등학교 교실.
그리고 그에게 걸려온 의문의 ARS는 그를 새로운 인생으로 이끄는데······.

빈익빈 부익부가 팽배한 세상, 썩어버린 세상을 타파하라!

법이 안 된다면 주먹으로!
대한민국을 뒤바꿀 검사 박동철의 전설이 시작된다!

Book Publishing CHUNGEORAM

 유행이 아닌 자유추구 -
WWW.chungeoram.com

연기의 신

FUSION FANTASTIC STORY

서산화 장편소설

GOD OF ACTING

PRODUCTION
DIRECTOR
CAMERA
DATE   SCENE   TAKE

무대, 영화, 방송…
모든 '연기'의 중심에 서다!

『연기의 신』

목소리를 잃고 마임 배우로 활동하던 이도원은
계획된 살인 사건에 휘말려 비참한 죽음을 맞이한다.
그런 그에게 주어진 특별한 기회, 타임 슬립.

"저는 당신의 가면 속 심연을 끌어내는 배우입니다."

이제 그의 연기가 관객을 지배한다!
20년 전으로 되돌아가 완전한 배우로서의
삶을 꿈꾸는 이도원의 일대기!